KB150769

Azul...

푸름…

발행일 초판1쇄 2020년 10월 30일 | **지은이** 루벤 다리오 | **옮긴이** 조갑동 | **기획** 한·중남미협회
펴낸이 유재건 | **펴낸곳** (주)그린비출판사 | **주소** 서울시 마포구 와우산로 180, 4층
주간 임유진 | **편집** 신효섭, 홍민기 | **디자인** 권희원
마케팅 유하나 | **경영관리** 유수진 | **물류유통** 유재영
전화 02-702-2717 | **팩스** 02-703-0272 | **이메일** editor@greenbee.co.kr | **등록번호** 제2017-000094호

책값은 뒤표지에 있습니다. 잘못 만들어진 책은 구입처에서 바꿔 드립니다.
ISBN 978-89-7682-638-1 03890

철학과 예술이 있는 삶 **그린비출판사 www.greenbee.co.kr**

푸름…

루벤 다리오

조갑동 옮김

그린비

머리글

『푸름…』(*Azul...*)은 루벤 다리오(Rubén Darío)의 첫 작품이다. 이 책이 세상에 나온 지 125년이 되었고, 이를 계기로 칠레, 아르헨티나 등 여러 나라에서 기념행사가 열렸다.

다리오는 열다섯 살 때 이미 소양을 갖춘 어린 지성인이 되어 있었다. 독서와 연구에 몰두하였으며 새로운 지식을 목마르게 찾았고 그 나이에 엘살바도르로 간다. 그 나라의 지성인들을 만날 기회를 가졌으며, 그들 중에는 프랑스 시에 조예가 깊은 시인 프란시스코 가비디아(Francisco Gavidia)가 있었다. 이 시인이 다리오로 하여금 프랑스 어문학 공부를 시작하게 하였다.

다리오는 19세의 나이에 칠레로 간다. 그곳에서 『라 에포카』(*La Época*), 『엘 메르쿠리오』(*El Mercurio*), 『선거의 자유(*La Libertad Electoral*), 『예술과 문학 잡지』(*Revista de Artes y Letras*) 등 신

문사와 잡지사에서 기자로 일하였다. 이러한 일들은 그의 생계를 도왔으며 동시에 공부하고 창작할 수 있는 시간을 허용했다. 밤이면 플로베르, 졸라, 베를렌, 휘트먼, 위고 등 여러 작가의 작품을 읽으면서 밤을 지새웠으며, 표현의 리듬을 느끼기 위해 소리 높이 읽고 또다시 읽었다.

『푸름…』은 1888년 7월 말에 발행되었다. 에두아르도 데 라 바라[1]가 출판 경비를 대고, 서문을 쓰면서 다리오의 '산문으로 엮은 이야기'와 시 여섯 편에 대한 논평도 했다.

『푸름…』에 나오는 다리오의 이야기와 시는 관습적으로 내려오던 스페인 문학의 테두리에서 벗어나 새로운 모습을 보인다. 이는 그가 프랑스 문학 작품에서 받은 지식의 영향일 것이다. 『푸름…』은 작품이 처음 출판된 칠레에서는 별로 빛을 못 보았다. 하지만 돈 후안 발레라[2]가 발표한 『아메리카 서한』(*Cartas americanas*, 1889)에 『푸름…』의 작품 내용이 소개되어 독자들의 주목을 끌었다. 이 시점부터 『푸름…』은 아메리카[3]와 스페인에서 널리 알려지게 되었다.

1 Eduardo de la Barra(1839~1900), 칠레의 문인.
2 Juan Valera(1824~1905), 당시 스페인에서 영향력 있었던 문인. 바로 뒤에 나오는 것처럼, 『푸름…』에 대한 그의 긍정적인 평가가 다리오의 초기 경력에 큰 도움이 되었다.
3 '아메리카'는 북미와 중남미를 통칭하는 용어이다. 다만 이 책에서는 실질적으로 중남미만 가리키는 경우가 대부분이다.

발레라는 『아메리카 서한』에서 『푸름…』이 훌륭한 스페인어로 쓴 작품이 아니었다면 프랑스, 이탈리아, 터키, 또는 그리스 작가의 작품이라 해도 믿을 지경이라고 하였다. 『푸름…』은 세계주의 정신으로 가득 차 있다. 저자의 이름과 성에도 세계시민의 면모가 돋보인다. 이름 '루벤'은 유대계 이름이며 '다리오'라는 성은 페르시아 계통이다. 그래서 성명에서도 세계 모든 나라와 모든 혈통 그리고 모든 종족을 망라하고 있는 듯 보였다.

루벤 다리오가 착수한 첫번째 투쟁은 모데르니스모[4]와 스페인어의 혁신이다. 루벤은 『푸름…』에 대하여 이렇게 말했다. "나는 사랑하는 옛날 책, 나의 첫번째 책이자 훗날 숱한 승리를 거둘 정신적 운동을 시작한 책의 책장을 넘기기 시작했다. 나는 마치 옛 연서를 읽는 사람처럼 우수 어린 애정으로, 아스라한 내 청춘의 기억을 되살리는 그리움(saudade)을 안고 책장을 넘긴다."

니카라과 국회는 루벤 다리오의 이와 같은 뜻을 받들어

4 modernismo, 19세기 말의 중남미 문학 경향. '모데르니스모'는 사전적으로는 영어의 '모더니즘'에 해당하는 단어이지만, 문학적으로는 영미 모더니즘이 아니라 19세기 하반기 프랑스 시와 강력한 친연성이 있었다. 대부분의 중남미 국가들이 정치적 독립은 19세기 초에 달성했지만, 문학적 독립은 모데르니스모와 함께 비로소 시작되었다고 평가될 정도로 모데르니스모는 중남미 문학, 특히 시 장르에 굵직한 흔적을 남겼다. 그리고 루벤 다리오는 이론의 여지 없이 모데르니스모를 대표하는 시인이었다.

1888년 칠레에서 발간된 『푸름…』의 영인본을 출간하고자 한다. 이 책을 당신의 손 위에 놓아 줌으로써 루벤 다리오의 언어에서 나오는 음향과 음악을 현세대와 미래 세대가 계속 즐기게 하고자 함이다.

레네 누녜스 테예스

2013년 11월[5]

5 니카라과 국회는 『푸름…』 발간 125주년을 기념하여 영인본을 출간했고, 레네 누녜스 테예스(René Núñez Téllez)는 당시 국회의장이었다.

페데리코 바렐라[1] 씨에게

낭랑한 그리스어 시로 불후의 명성을 얻은 시라쿠사[2]의 왕 헤론은 신들의 은혜로 귀중한 텃밭을 소유하고 있었다. 위대한 태양이 살찌운 비옥한 토질의 밭이었다. 여기에 많은 농군이 와서 씨앗을 뿌리고 초목을 키우도록 했다.

그 텃밭에는 푸르고 화려한 월계수와 향기로운 삼나무, 불꽃 같은 장미, 황금빛 밀이 있었다. 물론 헤론의 인내심을 다하게 하는 시답잖은 풀들도 있었다.

테오크리토스[3]는 무엇을 심었을지 모르겠으나, 아마 금작화

1 칠레의 부호이자 정치인이었으며 문학과 예술의 후원자

2 Siracusa, 이탈리아 시칠리아섬에 있는 도시로 그 기원은 그리스 시대로 거슬러 올라간다.

3 Theocritos, 시칠리아섬 출신의 시인으로 B.C. 3세기 전반의 그리스의 대표적인 목가시인.

와 장미 나무였으리라.

오, 주님! 당신의 밭 떡갈나무 옆에 내 풍경초 덩굴도 뻗어 나게 허락하소서.

루벤 다리오

차례

푸름…

서문

"예술은 곧 푸름이다"

—빅토르 위고[1]

I

이 상자는 어쩌면 이리도 예술적인가! 이 책은 어쩌면 이리도 아름다운가!

누가 이 책을 내게 가져왔느냐고?

아! 낭랑한 날개와 불같은 심장의 젊은 뮤즈가 가져왔다. 니카라과의 뮤즈, 북회귀선의 태양에 입을 맞추고 두 대양에 구애하는 세속적 밀림의 뮤즈이다.

페이지마다 어쩌면 이리도 아름다운가! 산문은 시 같고, 시

1 프랑스 낭만주의의 대표적인 작가로 유명한 빅토르 위고는 루벤 다리오에게 많은 영향을 끼친 인물이다.

는 음악 같다! 어떻게 이런 책이! 온통 빛이고 향기요 젊음이고 사랑이다.

한 시인의 작품이고 요정들의 선물이다.

그것도 진정한 시인의 작품, 항상 영감이 번뜩이고 항상 예술적인 시인의 작품이다. 시의 푸른 날개를 펄럭이기도 하고, 산문 구절구절에 루비와 다이아몬드를 새기기도 한다.

루벤 다리오는 실로 재능에 활력을 가미한 탁월한 예술적 기질의 시인이다. 고상하고 세밀한 취향은 가히 귀족적이고, 신경증적이어서 독창적이다. 그에게는 돌발적인 광채, 새로움, 기발함이 가득하다. 머리에는 날갯짓하는 환상, 공상, 몽상이 한가득이요, 가슴은 항상 희망을 향해 열려 있는 사랑을 갈구한다.

만일 죽음의 검은 날개가 그를 일찍 덮치지 않는다면, 만일 격정적인 신의 뜻이 그를 고갈시키거나 낭떠러지로 떠밀지 않는다면, 루벤 다리오는 아메리카의 영광이 될 것이다. 오, 강력하고 품격 높은 그의 청춘의 영감!

그의 책 표지, 금박 입힌 그 표지에는 '푸름…'이라는 단어가 빛난다. 대양[2]처럼 신비롭고, 푸른 하늘처럼 심오하고, 하늘색 눈동자처럼 몽상적이다.

2 대서양과 태평양.

위대한 시인은 말했다. '예술은 곧 푸름이다!'라고.

그렇다. 그것도 저 높은 곳의 푸름이다. 한 줄기 햇살로 이삭과 오렌지를 황금색으로 물들이고, 사과에 감칠맛을 주고, 포도송이를 영글게 하고, 아이들의 윤기 흐르는 뺨을 발갛게 물들이는.

그렇다. 예술은 곧 푸름이다. 그것도 저 위의 푸름이다. 사랑의 광채를 발해 가슴을 불사르고, 고상한 생각을 하게 하고, 위대하고 너그러운 행동을 낳는.

그것이 바로 이상이다! 불멸의 광채를 지닌 푸름, 시인의 예술 상자 속에 있는 바로 그것이.

날개 없이 태어난 이들은 이렇게 물을 것이다. 저 푸른 나비 날개가 무슨 소용이냐고, 꿈속의 모호한 푸름 속을 떠다니는 그것이 무슨 소용이냐고.

시인은 대답한다.

"어떤 숭고한 존재들은 공중을 나는 것이 필요하다."

II

루벤의 푸른 상자를 열어 그의 보물들을 검사해 보자. 물론 저울이나 유대인들의 돋보기를 사용하자는 것도, 문법학자의 세밀한 분석을 하자는 것도 아니다. 개괄적인 눈으로 보자는 것이다. 작품을 한눈에 종합적으로 보아 작가에게 영감을 준 이데아와 감정을 이해하고자 하는 것이다.

스페인의 가장 독창적이고 철학적인 시인인 캄포아모르[3]는 말한다. 시 작품은 사건(asunto)의 참신성, 계획의 규범성, 전개 방식, 초월적 복표로 판단해야 한다고. 또 덧붙인다. "예술가에게는 이데아와 문체 이상의 것을 요구할 수 없다. 보통은 문체만으로도 위대한 예술가가 될 수 있다."

그리스 사람들은 그렇게 생각하지 않았다. 그들에게 작품의 덕목은 문체보다 사건에 달려 있었다. 즉 시적인 치장이 아니라 시적 이데아에 달린 것이었다. 망토를 걸쳤다고 다 사람이 아닌 것이다.

그리스인들은 아름다운 형식의 숭배자들이었다. 그러나 적확한 비례, 다시 말해 계획과 전개 방식 이상의 것을 원했다.

사건(줄거리와 행동을 포함한다)은 두말할 나위 없이 가장 우선한다. 이데아가 주어지면 시는 이에 육체의 옷을 입히고, 인간화시키고, 모든 이가 흥미를 느끼게 한다. '돌로라스'[4]의 아버지 캄포아모르가 말하듯이, 시는 이데아를 '이미지'로 변화시키고, 즉시 '인간적인 특징'을 부여해야 하고, 가능하면

3 Ramón de Campoamor(1817~1901), 리얼리즘 경향의 스페인 시인.
4 doloras, 캄포아모르가 만든 시 장르. 극적이고 철학적 함의를 지닌 짧은 시 형식을 특징으로 했다.

'보편화'시켜야 한다.

이 밖에도 시는 영혼을 즐겁게 하고 승화시키는 인격 향상 수단이 되어야 한다. 그러면 나비의 푸른 날개, 즉 광채를 발하나 소소한 시구(詩句)들이 날아오르는 독수리의 날개로 변해 우리를 안내할 것이다.

확고한 규범이란 진실을 부각시키는 허구, 타인의 이성을 비추고 사람의 의식(意識)을 활성화시키는 빛나는 상상력, 덕목을 가까이하고 지성을 고양할 생각을 아로새길 이미지를 말한다.

지금까지 시에 대한 관점들을 몇 마디 말로 정리하였고, 이에 우리의 기준을 맞춰 보고자 한다. 그 관점들을 받아들이고자 하는 사람이 있다면, 누구든지 우리가 소개하는 이 책에 적용해 보라. 이 책은 그 시험을 훌륭히 통과할 것이다.

이 책의 예술적 가치를 이해하고자 하는 젊은 연구자들을 위해 우리의 이 판단 기준을 제시하는 바이다. 그러나 우리는 이 기준을 적용하지는 않을 것이다. 그것이 우리의 목표도 아니고, 그럴 계제도 아니기 때문이다.

III

그러나 이 규범들이 『푸름…』의 시적인 글들을 즐거이 주유할 호기심 많은 여인들의 아름다운 눈, 그 방랑하는 별들에게는 확실히 와닿지 않을 것이다.

내 그대들에게 예술 작품을 가슴으로 평가하는 방법, 어떤 작품들을 좋아하고 받아들여야 하는지 가르쳐 주리라. 호기심 많은 아름다운 여인들이여, 알고 싶은가? 들어 보거라.

책을 읽을 때(혹은 그림이나 대리석 조각을 관조할 때) 유쾌함이나 기쁨의 느낌을 받는다면, 또 저도 모르게 '정말 멋져'라고 감탄의 말을 한다면, 그 작품은 아름다운 것이며 따라서 시적인 작품이라 확신해도 좋다. 또 희곡 작품이나 소설책을 보는데 손에서 뗄 수가 없다면, 그리하여 상아와 장미 같은 손가락으로 책장을 연신 넘기면서 주술에 걸린 눈으로 탐닉한다면, 저자는 흥미로운 대상이 되는 데 성공한 것이다. 이는 커다란 미덕이요 승리이다. 가슴이 빨리 뛰거나, 한숨이 새어 나오거나, 눈물방울이 책 위를 구르거나, 책을 덮은 뒤 생각에 잠긴다면, 아! 아름다운 독자들이여, 시적 영혼이 그대들의 감정을 파고든 수선화 향을 흩뿌린 것이다.

작품이 즐거움도 주면서 머리를 밝히고 언 가슴을 두근거리게 해주며, 의식을 북돋고, 고귀하고 너그러운 행동으로 이어지게 하고, 선량함과 아름다움과 진실함에 대한 열광을 일깨우고, 흉측한 악과 사회적 불의에 분노하게 하고, 고통받는 모든 이에게 관심을 가지게 해준다면, 그대들은 말할지어다. 웅변적인 작품이요 시적으로 걸출한 작품이라고.

허구적 작품의 우아한 외관 기저에는 종종 이런 위대한 가르침들이 숨어 있고, 그런 작품은 예술의 극치에 다다른 것이다.

아름다운 독자들이여, 적용하라. 이 감정의 규범들을 루벤 다리오의 조화로운 『푸름…』에. 그대들의 판단은 정확할 것이다. 나는 알고 있다. 그대들의 눈에서 눈물이 흐르리라는 것을, 그대들의 입술이 기쁜 마음에 '이렇게 아름다울 수가, 이렇게 아름다울 수가!'라고 말하리라는 것을…. 그러고는 생각에 잠겨 푸른 꿈의 마법에 걸린 나라에서 노닐게 되리라는 것을.

IV

나도 잠시 그대들처럼 행동하리라. 상대는 철학가가 아니라 시인이니, 수사학자의 잣대는 한쪽 옆에 밀쳐 두자. 꽃은 향기로, 별은 빛으로, 새는 노래로 판단하고 싶다.

흰 비둘기와 갈색 해오라기들이여, 내게로 오라. 지금을 너희들을 위해 말하련다.

철학이고, 초월적 목표이고, 감성적이고 인간적이고 보편적인 관념일랑은 집어치우자. 내 확신하건대, 음악과 사랑을 위해 창조된 그대들의 섬세한 고막만 다치게 할 것이다.

우리 시인에 대해 이야기해 보자. 가능하면 수군대지 말고 내 말을 들어 보아라.

루벤 다리오는 빅토르 위고 유파에 속한다. 그러나 때로는 폴 드 생빅토르[5]의 아테네풍 양식과 장식적 풍요로움, 이탈리아인 에드몬도 데 아미치스[6]의 대기와 햇빛 가득한 매력적인 천진난만함을 보인다. 알퐁스 도데처럼 보헤미안적인 재능을 드러내고, 『폴과 비르지니』[7]의 노래꾼들과 『마리아』(*María*)[8]의 크리오요[9] 여인의 경건함, 색채감, 신선함으로 자연을 그린다.

그대들은 미소 지으며 생각하리라. '생피에르와 이삭스의 아메리카를 무대로 한 전원 문학[10]과 번개이고 천둥인 빅토르 위고, 또 파리를 무대로 한 『사포』[11]와 무슨 관계라는 거지?'

사실 이 문인들은 문체와 기질이 너무나 다르다. 그러나 우리의 문인 루벤 다리오는 이 모든 문인들의 특징을 지니고 있고, 그러면서도 그 누구와도 똑같지 않다. 바로 여기에 그만의 독창성이 있는 것이다. 그 여러 가지 재능, 그 문체들, 그 모든

5 Paul de Saint-Victor(1827~1881), 프랑스 작가이자 평론가.
6 Edmondo de Amicis(1846~1908), 『쿠오레』로 유명한 이탈리아의 소설가이자 신문기자.
7 베르나르댕 드 생피에르(Jacque-Henri Bernardin de Saint-Pierre, 1737~1814)가 프랑스혁명 직전인 1788년에 쓴 소설. 열대의 자연 속에서 전개되는 폴과 비르지니라는 소년 소녀 사이의 사랑 이야기이다.
8 콜롬비아 문인 호르헤 이삭스(Jorge Isaacs, 1837~1895)의 소설.
9 criollo, 중남미에서 태어난 백인.
10 이삭스의 『마리아』만 배경이 아메리카이다. 『폴과 비르지니』는 모리셔스가 주 무대이다.
11 빅토르 위고의 작품.

색채와 조화들이 우리 중앙아메리카 작가의 팔레트에서 한데 어울리고 섞이면 새로운 가락, 그만의 색채, 시인의 징표인 천재적이고 특출한 빛을 자아낸다. 이렇게 서로 다른 금속들을 그의 두뇌 속에 있는 작은 용광로 속에 집어넣고 녹이면서 자신의 심장까지 던져 넣으면, 마침내 푸른 청동이 주조된다.

그의 이견 없는 독창성은 모든 것을 섞고 용해하여 자신만의 문체로 조화시킨다. 순간적인 번뜩임과 재치 있는 경이감, 예기치 않은 전환, 고혹한 이미지, 과감한 비유, 걸출하고 적절하기 짝이 없는 표현, 이국적이다 싶지만 늘 입에 달라붙는 대담한 어휘 등이 차고 넘치는 예민하고 섬세하고 그림 같은 문체이다.

V

그는 어쩌면 너무 형식에 치중한다. 그러나 그것이 그의 방식이고, 결코 내용을 도외시하지 않는다. 어쩌면….

쉿!… 더 가까이 오거라, 예쁜 아가씨들이여. 노년의 아나크레온[12]을 둘러싼 들판의 요정들처럼 원을 더 좁히고 내 얘기를

12 B.C. 5~6세기의 고대 그리스 서정시인.

들어 보라.

그대들은 아는가? 그의 아름다운 뮤즈에게는 한 가지 결함이 있다는 것을!

"어떤, 어떤 결함 말씀인가요?"

"너무 아름답지!"

"아!… 오!… 저런! 저런!"

"마저 이야기하자면, 너무 치장에 신경 쓰고!… 상큼하고 눈부신 뺨에 짙은 화장을 하는 소녀, 더 아름다워 보이려고 항상 무도복을 입고 있는 소녀 격이지. 그대들이라면 무슨 말을 하겠는가?"

"그게 무슨 말씀이시죠?"

"보자고. 우리의 시인은 약점이 있어. 자신의 더없이 아름다운 개념에 지나치게 칠을 하고 꽃장식을 하지. 연지, 금분(金粉), 무지갯빛 진주, 벌의 푸른 날갯짓 소리를 남용해…. 불필요하게 말이야. 빛과 색채는 적을수록 더 자연스럽고 매혹적이거늘. 고상한 취향의 사람들은 항상 로도스풍 문체보다 아테네풍 문체를 높이 샀지. 우아함은 장식의 과도함이나 장신구의 과잉과는 관계없거든.

그러나 그건 아무것도 아니야! 우리의 시인은 자기 재능을 우아하게, 연지를 보기 좋게 사용할 줄 알거든. 그래서 그를 흉내 내는 사람들이 위험한 거야. 다리오처럼 날 수 있으리라 착각하여 황금 분말을 곁들인 문학 소스를 아무 데나 치고, 다리오 같은 영감이 있다 착각하여 촌구석 총각들처럼 모조 보석을 잔뜩 한 사람들이.

계속 흉을 좀 보자고, 비평가들처럼…. 그대들은 아는가…?"

"뭘 더 말인가요, 선생님?"

"우리의 시인은 또 다른 약점이 있어…. 웃는군!… 에이, 그만두어야겠군…."

"아니에요. 말씀해 주세요, 제발!"

다리오는 빅토르 위고, 또한 카튈 망데스[13]를 좋아한다. 위대한 노인, 한때 낭만주의자들의 선도자[14]만큼이나 상징주의자와 퇴폐주의자들 같은 현대적 분파를 좋아한다. 환영(幻影) 같은 문장, 빛나는 어휘, 비잔틴풍의 두운법 같은 우상들을 숭배하는.

빅토르 위고는 호메로스와 이사야[15]만큼이나 거대한 영향력을 지녔다. 그의 영감의 회오리는 문단의 편협한 틀로는 담을 수 없는 엄청난 생각들을 야기했기에 천재의 대담성으로 자신만의 언어를 창조할 수밖에 없었다. 눈부시게 빛나는 자신의 생각을 쏟아 내기 위하여 소리, 색채, 철자, 어휘, 한숨, 절절한 심정 등 손에 잡히는 대로 무엇이든지 활용하였다. 얼마나 많

13 Catulle Mendès(1841~1909), 프랑스의 고답파 시인.
14 빅토르 위고를 가리킨다.
15 구약의 위대한 선지자.

은 강세와 억양이 인간의 목소리, 숲과 구름과 바다 등 대자연 전체의 위대한 목소리가 되었는가. 얼마나 많은 표현 방법을 상상해 냈는가. 얼마나 많은 조합을 구상해 냈는가. 모든 것이 훌륭했고, 모든 것이 자신만의 것이었고, 그의 언어의 모든 요소들이 더욱더 자기 생각대로 고분고분 전개되고 지고한 위고 자신의 의지에 복종했다.

빅토르 위고는 그렇게 할 수 있었다. 그의 말이 창조주의 말이었고, 그는 천재였기 때문이다. 언어는 자신의 육신을 만들 수 있다. 마치 달팽이가 자기 집을 만들듯이. 그러나 육신은 결코 자기 혼자 언어를 창조할 수 없다. 육신은 마치 영혼 없는 동상 같은 것이다.

빛은 여러 색깔을 만들지만, 색깔은 빛을 만들지 못한다.

'퇴폐주의자'로 불리는 파리의 신경증적인 시인들은 빅토르 위고처럼 하고 싶어서 언어를 고문하고 괴롭히고 비틀고, 언어에 괴이한 형식과 비비 꼬는 말씨를 부여한다. 그러나 거의 철학이 담겨 있지 않다. 영혼이 그들을 위해서 불꽃 언어로 강림하지는 않을 것이다.

다리오에게는 자신을 암초로 유인하는 세이레네스[16] 정령을 피할 수 있는 충분한 재능이 있다…. 그러나, 주의하라! 공고

16 신체의 반은 새이고 반은 사람인 그리스 신화의 마녀. 아름다운 노랫소리로 선원들을 유혹하여 배를 난파시켰다. '사이렌'의 어원이다.

라[17]도 재능은 있었으니.⋯.

산문이든 시이든 그의 시적인 글에는 생각의 번갯불이 순간순간 번뜩인다. 그래도 그는 더 많은 것을 원하여, 시어들이 불꽃을 뿜으며 각개 약진한다.

자신의 재능에 취하지 않고, 효과를 모색하고, 새로움에서 성공을 구한다. 번개에서 폭발을, 위대한 자연에서 소소한 인공을, 빅토르 위고에서 베를렌을, 『세기의 전설』에서 『사투르누스의 시』[18]를 연상해 낸다.

다리오의 선홍색은 젊음의 장미들을 돋보이게 하는 연지 역할을 한다.

겉만 번지르르한 것은 가라! 인공적인 것도 가라! 오, 아가씨들이여, 문학에 건강한 바람이 불 것이다. 마치 들판의 꽃들에게 부는 바람 같은!

17 Luis de Góngora(1561~1672), 스페인의 바로크 시인으로 뒤에서 언급될 공고리즘(gongorism)이라는 과도한 장식의 난해한 문체로 호불호가 갈린다. 이 글에서는 이에 대해 비판적이다.

18 『세기의 전설』과 『사투르누스의 시』는 각각 위고와 베를렌의 작품이다.

VI

"그렇네요!… 그런데 선생님이 말씀하시는 그 퇴폐주의자들은 누구인가요? 어떻게 우리의 시인이 그들의 제단에서 희생당하는 거죠?"

"말해 주마. 문학이라는 것은 꽃이나 과일이나 인간처럼 역병을 곧잘 앓지. 그러면 문학은 황폐해지고 망가져."

내가 이해하기에는 생각은 형식에 부합되고 조화를 이루어야 한다. 아름다운 영혼이 아름다운 육체에 담기는 것이 이상적이다.

그런데 지나친 형식 사랑이 생각을 망치고, 마치 역병에 걸린 듯 기형적인 문학을 초래한다. 이런 문학에는 보통 열정적인 추종자들이 생겨서 한 민족 위에, 한 시대 전체에 군림한다. 유행이 지나면 우스꽝스럽고, 어떻게 그런 문학이 도래해 맹목적으로 받아들여졌는지 아무도 이해하지 못한다.

그런 열병들이 유럽 문학을 침범하였다는 증거가 여기 있다. 먼저, 영국 엘리자베스 여왕의 궁정에는 존 릴리에 의해 도입된 유퓨이즘[19]이 있다. 이탈리아에는 마리니즘이 콘체티를

19 존 릴리(John Lyly, 1554~1606)는 영국의 소설가 겸 극작가이고 그의 문학 경향을 가리키는 유퓨이즘(euphuism)은 과도한 미사여구를 지향하였다.

들고 침투하고,[20] 공고리즘과 '세련된' 언어는 각각 스페인 문학과 프랑스 문학을 황폐하게 했다. 얼마 후에는 시인 로엔슈타인[21]이 그 역병을 몰고 오는 바람에 분별력 있는 독일도 이를 피할 수 없었다. 교양과 향수 냄새의 집합소 랑부예 호텔은 장차 세련주의(préciosité)로 타락할 '갈랑 양식'을 창조했고, 혈통의 귀족들과 재능의 귀족들이 최초로 뭉친 이 호텔의 푸른 살롱에서 마리아 데 메디치가 프랑스로 불러 온 저 끔찍한 퇴폐주의자 마리노의 시집 『아도니스』가 탄생했다.[22]

이 역병들은 새로운 시어, 아니 새로운 방언을 창조해야 한다는 갈망으로 생겨났을 뿐, 새로운 이데아나 새로운 감정에 조응한 것이 아니었다. 그저 유행을 좇으면서 자연적인 것에 인위적인 것을, 진실한 것에 관습적인 것을, 천재의 광채에 병자의 모자이크 조각을 포개 놓았을 뿐이다.

20 마리니즘(marinism)은 이탈리아의 바로크 혹은 매너리즘 시인으로 분류되는 잠바티스타 마리노(Giambattista Marino, 1569~1625)의 문학 경향을 가리킨다. '콘체티'(concetti)는 직역하면 '개념'이라는 뜻이지만, 마리노 특유의 현란한 수사법을 지칭한다.

21 Casper von Lohenstein(1635~1683), 독일 바로크 연극의 주요 문인.

22 랑부예 호텔(Hôtel de Rambouillet)의 살롱은 랑부예 후작부인이 연 문학 살롱으로 프랑스 살롱 문화의 시초가 되었고, 비귀족 문인들에게도 문호가 개방되어 있었다. 갈랑 양식(estilo galante)은 로코코풍의 경쾌하고 우아한 양식을 말한다. 마리아 데 메디치(Maria de Medici, 1575~1642)는 피렌체 메디치 가문 출신으로 앙리 4세와 결혼하여 부르봉 왕가의 일원이 되었다.

프랑스에서는 롱사르와 플레이아드파[23] 시절부터 문단을 지배한 고전적인 관습을 과도하게 해방시킨 낭만주의자들이, 그 뒤를 이어 고답파, 상징주의자, 퇴폐주의자들이 출현했다. 낭만주의자들은 나름대로의 존재 이유가 있었다. 이들은 문학에서 혁명을 표상한다. 프리지아 모자 대신 붉은 조끼를 입고 부알로 및 라 아르프의 횡포에 대항하여 행진했고,[24] 우리 시대와 우리 문명에 더 인간적이고 적절한 방향성을 문학에 부여했다. 그런데 퇴폐주의자들은 무엇을 추구하는가? 우리에게 무엇을 또다시 가지고 오려는 걸까? 그들의 존재 이유는 무엇인가?

그대들은 알고 싶은가? 이야기해 주마.

퇴폐주의자들이 어디에서 비롯되었는지 아무도 정확히 모른다. 그들은 자신들이 어디로 가고 있는지조차 모를 것 같다. 이 점에서는 어째 집시들과 비슷하다.

공쿠르 형제에서 비롯되었으려나? 보들레르의 『악의 꽃』에서 탄생했을까? 아니 어쩌면 빅토르 위고의 사생아, 재주가 모

23 플레이아드(Pléiade)파는 이탈리아 르네상스 문인들의 영향을 받아 프랑스 문학을 풍요롭게 한 문인 그룹으로 피에르 드 롱사르(Pierre de Ronsard, 1524~1585)가 중심 역할을 했다.

24 프리지아 모자는 프랑스혁명 당시 자유의 상징이었고, 부알로(Nicolas Boileau Despréaux, 1636~1711)와 라 아르프(Jean-François de La Harpe, 1739~1803)는 프랑스의 문인이자 평론가이다. 특히 부알로는 낭만주의의 극복 대상이었던 고전주의 이론의 완성자였다.

자라 언어의 기이함이라는 점이라도 닮으려는 어설픈 모방자들일까? 이 집시들이 설마 람세스 대제[25]의 후손일까? 모든 것이 가능하다!

어쨌든 가장 최근 유파인 퇴폐주의자들은 어휘의 음악성에 지나치게 중요성을 두는 반면, 그 이념적 가치에는 소홀하다. 소리를 위해 이데아를 희생하고, 퇴폐주의 추종자들의 말마따나 '시적인 악기 편성'을 신성시한다.

퇴폐주의자들은 어휘의 정확한 의미만 망각하는 것이 아니라 구문 법칙도 따르지 않는다. 그리하여 나름대로 아름다움을 이끌어 내기는 하지만, 퇴폐주의자들의 취향을 모르는 이들에게는 그저 헛소리일 수 있다.

양식 있는 대중들은 이런 시를 창작하는 이들을 '퇴폐주의자'라 불렀는데, 곧잘 일어나는 일이지만 이들은 그 별명을 훈장으로 삼아 버렸다.

이 분파의 신경증적인 시인들은 몽유병자처럼 살고, 흥분제와 마약에 의존한다. 그리하여 스스로 신경을 마비시키고, 이를 바탕으로 시적인 환영과 조음과 몽상을 쟁취한다. 에드거 앨런 포나 알프레드 드 뮈세[26]처럼, 또 터키 사람들이나 중국 사람들처럼 진과 압생트, 아편과 모르핀에 의지한다. 유별나

25 B.C. 13세기에 이집트를 통치한 람세스 2세를 가리킨다.
26 Alfred de Musset(1810~1857), 프랑스의 낭만주의 작가.

게 눈에 띄는 존재가 되리라는 욕망이 그들의 동력이며, 이를 달성하는 수단이 신경증이다.

이러한 사람들이 퇴폐주의자, 시적인 악기 편성자들이다! 신의 광기! 문학적인 병리학의 기이한 사례!…

이 신경증 환자들은 일종의 감각의 반전을 필요로 한다. 그들이 사용하는 특별한 어휘들을 보면 색채와 미각을 소리와 혼동한다. 마치 최면술의 제국에 빠져들 때처럼.

내가 이해하기로는 전기 스파크는 눈에는 푸르스름한 빛이고, 귀에는 틱하는 소리요, 손에는 통증이고, 혀에는 신맛이다. 심지어 나는 그 스파크가 후각 신경에 닿으면 냄새가 된다는 것도 인지하고 있다. 영혼은 물질에서 자유롭기에, 전기 스파크에 대한 고유한 감각, 따라서 다섯 가지 기본 감각을 합쳐 놓은 것보다 더 완벽한 감각을 지닐 수 있다는 사실은 이해가 간다. 마치 다양한 색채 스펙트럼이 융합되어 빛을 발하는 것처럼. 감각 기관들을 통해 받은 느낌들이 서로 유사점이 크고 밀접한 관계를 유지하기에 그저 반응 속도에서만 차이 날 뿐, 모두가 그저 제각각의 작동 방식이라는 점도 이해한다. 그러나 내가 이해할 수 없는 것은 사람이 멀쩡히 깨어 있고 살아 있는 육신을 갖고 있으면서 '나팔이 붉은 소리를 내고, 오랑캐꽃 푸른 향기가 고막에 상처를 입히고, 혀끝으로 보고, 코로 듣는다'라고 말하는 일이다…. 더 이해 못하고 받아들일 수 없는 것은 신성한 '악기 편성'이라는 미명하에 감각들의 터무니

없는 부조화의 틀에 언어를 맞추어야 할 필요성이다.

부인네들이여, 과장이 아니다. 퇴폐주의자들은 어중이떠중이들이 아니라 자신들만의 법전이 있다. 모르핀에 취해 꿈을 꾸면서 두서없이 지껄이는 자신들의 말을 이미 『언어론』[27]에서 규범화시켰다.

그 책에서는 철자 하나마다 색깔이 있고, 색깔마다 해당하는 악기가 있고, 악기는 저마다의 정열이나 성품을 상징한다고 규정하고 있다. 예를 들면 이렇다.

> A는 검정색이고, 검정색은 오르간이다. 오르간은 의문, 단조로움, 단순함을 표현한다.
> E는 하얀색이고, 하얀색은 하프이다. 하프는 평온이다.

그들에 의하면, 철자의 배합에 따라 다양한 뉘앙스의 소리와 색채와 감정이 탄생한다. 문학에 유대인의 카발라를 적용한 셈이다.

마치 어린아이가 절벽 가장자리서 아무 생각 없이 노는 것처럼, 이 퇴폐주의 시인들은 구렁텅이 옆에서 미소를 짓고 있다. 광기와 이성을 가르는 저 슬픈 어둠의 그림자 옆에서.

27 프랑스 시인으로 말라르메의 제자였던 르네 길(René Ghil)의 『언어론』(*Traité du Verbe*, 1886)을 가리킨다.

그들이 새로운 것이라고 생각하는 두운법, 또 철자와 소리의 결합에서 합리적인 부분들은 이미 노년의 호메로스가 알고 있었고 베르길리우스가 사용한 바 있다. 그들이 그렇게 열심히 추구한 조화를 다른 이들은 합리적인 선을 넘지 않고도 찾아낸 것이다. 이것이 아리스토텔레스 때부터 오늘에 이르기까지 수사학자들이 음악의 조화로운 화음을 통해, 모방적 조화를 통해, 이데아와 말의 합일을 이루는 조화를 통해 이해하는 바이다.

따라서 새로운 것은 아무것도 없다.

VII

루벤 다리오는 퇴폐주의자일까?

그는 그렇게 믿고 있으나, 나는 부정한다.

그가 그렇게 믿는 이유는 새로운 시 유파를 만들고 있기 때문이다. 마치 열대의 모든 상상력 같은 형식의 매력들을 느끼기 때문이다. 독창성의 열병을 앓기 때문이다.

나는 부정한다. 아무리 그에게 그런 경향이 보인다 한들 퇴폐주의 유파의 특징인 황당무계함은 찾아볼 수 없기 때문이다. 나는 부정한다. 그는 이데아를 표현하기 위해 어휘들을 꿰어 맞추지 않는다. 또한, 독수리에게 날개가 있듯이, 구렁텅이의 매혹에서 자신을 구원해 줄 신들린 영감을 지니고 있다.

아, 다리오를 좇으려는 순진한 이들이여!

다리오의 퇴폐주의적 시학을 『언어론』과 비교하는 것은 인간을 원숭이와 비교하는 꼴이다. 그 시학은 카튈 망데스를 예찬한 다리오의 어느 아름다운 글[28]에 명기되어 있다. 여기에서 다리오는 자신을 있는 그대로 드러내며 창작 방법을 밝힌다.

다리오는 그 글에서 "쥘 자냉[29]은 소리를 색으로, 별을 향기로 표현하려는 시도는 사물의 영혼을 감옥에 처넣으려는 일과 같은 말도 안 되는 일, 미친 짓이라고 여겼다"라고 적고 있는데, 이는 자냉에 대한 반박이었다. 다른 이들은 또 "포장이 거창하여 예술은 과도하고 내용과 말은 방기된다"라고 보지만, 다리오는 "아! 저 넘쳐 나는 황금, 만화경 같은 문장들, 주기적인 리듬의 저 조화로운 조합들, 반짝이는 세공품에 박힌 생각, 이 모든 것이 그저 탄복할 따름이다!"라고 적고 있다.

그렇다, 탄복할 따름이다. 단, 건전한 취향이 이에 생명을 불어넣어 준다면, 언어의 위대한 예술이 신경증적인 관현악 편곡으로 타락하지 않는다면!

다리오는 "아름다움, 레이스(encaje), 황금 분말"을 추구한

28 다리오가 1888년 『푸름…』 출간 몇 달 전에 쓴 「카튈 망데스. 고답파와 퇴폐주의자들」(Catulo Méndez. Parnasianos y decadentes)을 가리킨다.

29 Jules Janin(1804~1874), 프랑스의 문인이자 평론가.

다. "이데아의 위대함이나 광채를 훌륭한 철자 조합으로 만든 울타리 안에 모으"려고 한다. "빛과 색채를 세공품에 박아 넣고, 음악의 비밀을 수사학의 은빛 올가미로 포박하고, 봄 내음 풍기는 장미꽃 조화를 만들기"를 원한다. 그리고 그는 실제로 그 모든 것을 이루어 낸다.

그가 카튈 망데스에 대해 말하듯이, 우리는 다리오에 대해 말하리라. 예술적이고 섬세하고 대담한 천부적 기질을 갖춘 시인이라고. 산문을 써도 거의 시가 되는 시인이라고. 단편에 색동옷을 입히고 꽃을 피우는 놀라운 문장가요, 자신만의 독특한 문체가 있고 금과 비단과 빛을 조각하듯 글 쓰는 방법을 터득하여 그 누구와도 구별되는 놀라운 문장가라고.

다리오는 더 멀리 나아가, 망데스의 "모음을 낭랑하게 두들길 자음의 아름다운 가치를 발견하는 본능, 진동하고 표현적이고 멜로디 같은 그리스적 기원과 이국적 토대에 대한 취향"을 예찬한다.

카튈 망데스는 장인인 고티에와 마찬가지로 고답파 시인이지만, 퇴폐주의적 상징주의자라는 꼬리표도 따라다닌다.

다리오는 그 누구와도 견줄 수 없는 시인이다. 인도의 코이누르[30]보다 더 세공면이 많고, 사라 베르나르[31]보다 더 예민하고 기발하다.

문장의 정교함과 기이함에 대한 예찬, 단어의 색채 및 철자 간 조화에 담긴 소소한 비밀들에 대한 경도와 취향이 의심할 나위 없이 다리오로 하여금 자신이 퇴폐주의자라고 믿게 만들었다.

그러나 우리가 말했듯, 다리오는 퇴폐주의자가 아니다. 그에게는 퇴폐주의파의 황당무계함이 없기 때문이다. 다리오의 번뜩임, 새로움, 형식의 기이함은 너무도 섬세하고 재기발랄해서 가장 엄격한 정제된 언어를 사용하는 이들도 용서할 것이다. 그의 어휘에는 이국적인 뿌리와 우아한 프랑스어 단어가 곧잘 침투한다. 그러나 이 또한 나무랄 데 없다. 항상 새로운 것을 찾아 나선다지만 결코 양식(良識)을 망각하지 않고, 시어들의 관현악적 편곡에 있어 스페인어의 풍요로운 본능을 잃지 않는다. 다만 그의 화려한 문장은 그렇지 않다. 스페인어 문장의 무겁고 길고 근엄한 면보다 프랑스어 문장 스타일의 현대적이고 돌발적이고 짧고 예민한 모습이 더 두드러진다.

다리오가 항상 말하듯 그의 과감함은 신경 조직과 젊은 피의 딸, 특히 무더운 기후에서 농익은 상상력에서 비롯된 활력이자 법랑의 딸이다.

그러나 그의 퇴폐주의 경향을 부인할 수는 없다. 어떻게 보

30 Koh-i-Noor, '빛의 산'이라는 뜻의 엄청난 크기의 다이아몬드. 무굴 제국과 페르시아 등에서 군주의 상징처럼 여겨졌고, 최종적으로는 빅토리아 여왕의 왕관에 장식되었다.

31 Sarah Bernhardt(1844~1923), 19세기 말 프랑스의 대표적인 연극배우.

면, 그리로 기울어진 대지에 한 발을 디디고 있는 형국이다. 그래서 만일 이런 풍조가 유행하면, 유행에 밀려 아예 몸을 던질까 두렵다.

아, 유행!… 그대들은 유행의 광기 어린 변덕과 유행의 제국이 어떤지 알고 있으리라. 유행 때문에 우리의 서정시인이 베두인족의 낙낙한 백색 의복을 등 뒤로 날렵하고 우아하게 펄럭이는 대신, 긴 프록코트를 입고 빛나는 톱 해트를 쓰는 잘못을 저지르고 있다. 예멘 사람이 그를 자기 나라 사람이라 믿고, 낙타가 알아보고, 무어인들의 석류꽃으로 장식한 구슬라를 켜고, 검은 눈동자의 여인들이 발치에 재스민 꽃을 뿌려 줄 터인데.

알라신이여, 그가 구렁텅이에 떨어지지 말게 해주소서!

알람브라 궁전의 아라베스크 같은 이 아름답기 짝이 없는 책 『푸름…』은 저자의 혈통을 천명하고 그가 퇴폐주의자가 아니라는 사실을 증명하고 있다.

그가 자신이 퇴폐주의자라 말해도, 믿지 말지어다! 순수한 과감함, 순수한 시적 관현악이니!

더 중요한 것이 있다. 그는 그이고, 니카라과의 시인이고, '푸름'을 꿈꿀 때면 황금빛 후광이 빛을 발하고 시와 노래를 조율할 때면 요정들과의 대화를 나누는 이이다.

"이 사람을 보라!(Ecce homo)…"

VIII

"이제 작품을 봅시다!"

저 멀리 그리스 아티카 지방에서 디오니소스 축제의 오랜 종교적 코러스에서 비극이 싹트기 시작했을 때, 아이스킬로스가 프로메테우스에 대한 연극을 구상하고 있었을 때, 아테네 군중은 조금은 망각된 디오니소스 신의 제단 주변에서 이렇게 수군거렸다. "디오니소스를 위해서는 아무것도 하지 않는군! 아무것도!…"

나의 좋은 벗 루벤도 어쩌면 아테네 군중처럼 그런 식으로 말하리라. 내가 뜻밖의 이야기에만 펜을 놀리고 자신의 새 책은 전혀 다루지 않는 모습을 본다면 말이다.

이 서론을 쓰고자 앉았을 때는 물론 책 소개가 내 의도였다. 그러나 내 좋은 벗에게 일어난 일이 내게도 일어났다. 밑도 끝도 없는 즉흥시인인 루벤은 데시마[32]를 쓰겠다고 앉아서는 희극을 써 버리지 않는가!… 그러나 책상 위에 아직 텅 빈 사절지 두 장이 남아 있으니, 군중이 수군거리지 않도록 디오니소스를 위해 무언가를 해보자.

다리오의 축소판 화랑, 하지만 그의 유화와 수채화, 모자이

32 décima, 한 연이 8음절 10행으로 구성된 시 형식.

크와 카메오 장신구, 청동 조각과 세선(細線) 세공품으로 풍요로운 화랑을 한 바퀴 돌아보자.

어서들 오거라, 예술로 장식한 아름다운 님프들이여. 이리 와서 나와 함께 이 산문에 빛나는 '푸름'을, '서정시의 해'의 성스러운 불꽃을, 푸른색의 푹신한 쿠션 위에서 빛나는 수금을 찬양하자. 들어들 오거라!

IX

그대들은 돌로라스의 옛 작가가 "이데아의 보편성"이라고 부른 것을 직접 보고 만지고 싶지 않은가?

여기 그림 세 점, 3부작 소품이 있다. 「부르주아 왕」, 「맙 여왕의 베일」, 「황금의 노래」이다. 이 작품들을 잘 살펴보거라.

보고 있는가? 주인공은 시인, 항상 시인이다. 외톨이고 무명이고 버려지고 거의 거지처럼 굶주린다. 그러나 콜럼버스처럼 머릿속에 세계가 들어 있다. 황금과 권력의 주인인 부르주아지가 왕이 되어 시인을 자기 시종들보다 더 낮은 곳에, 새들 사이에 둔다. 그곳에서 시인은 손풍금 손잡이를 쉬지 않고 돌린다!… 혹독하게 추운 겨울밤이다. 연회장은 황금 불덩이처럼 타오른다. 창문으로 불빛이 환하게 새어 나오고 즐거움이 폭발한다. 그 안에서는 즐기고 웃고 한 수사학자의 바보 같은 소리에 미친 듯이 박수 친다!… 바깥에서는 눈[雪]과 배고픔과 절망이… 아, 이 기막힌 풍자! 시인은 우수에 찬 별빛 아래에서 죽는다.

이해하겠는가? 그 시인, 당대의 위대한 시인들에 가려 무명으로 지내는 고통을 겪으며 살다가 괴로움과 추위로 죽어 가는 그 천재에게는 많은 이름이 있다는 것을. 호메로스, 카몽이스,[33] 타소, 셰익스피어, 세르반테스라고 부른다.…. 신이 점지한 이 겸허한 이들을 인간 혹은 변덕 덕분에 왕관을 쓰게 된 오만한 이들과 비교해 보아라!…

부르주아지의 황금이 재능을 짓밟고, 영감(靈感)이 가난의 사슬에 속박되는 영원한 이야기가 여기 있다. 여기 시적으로 표현된 '이데아의 보편화'를 볼 수 있다.

새롭고 매력적으로 서술된 이 오랜 전통의 이야기는 금테 액자를 두를 가치가 있는 화폭이다. 그렇지 않은가, 아름다운 독자들이여? 아니, 무슨 일인가!… 생각에 잠겨들 있구나! 심각한 생각의 무게에 아름다운 얼굴을 떨구고들 있는 것인가?… 아! 그 무게는 그림 내용에서 비롯되었다. 작가가 씁쓸한 아이러니로 '즐거운 이야기'라고 부른 그 그림의!

캄포아모르는 우리가 볼 수 있도록 시적 이데아가 이미지

33 루이스 바스 드 카몽이스(Luís Vaz de Camões, 1524~1580), 애국적 대서사시 『우스루지아다스』(*Os Lusiadas*, 1572)를 쓴 포르투갈의 국민시인.

로 화하기를 원했고, 우리가 느낄 수 있도록 즉각 인간 누군가로 표상되기를 원했다. 이미지는 이야기 그 자체이다. 나를 군소리하는 노인네 취급하지 말기 바란다. 「부르주아 왕」에 표상된 그 인간은… 우리의 시인 그 자체라고 덧붙여 말해도… 그런데 쉿!… 그대들에게만 해주는 이야기니까… 발파라이소 세관이라는 아수라장 같은 새장에 갇혀서 화물이나 취급하고, 술통을 세고, 검은색 난에 숫자나 나열하는 다리오를 상상해 보라![34] 말도 안 되는 일이다! 그러나 바로 그곳에서 다리오는 손풍금 손잡이를 계속 돌려야 했다! 아! 내 말을 믿기 바란다. 나는 다리오를 이해한다…. 그래도 젊음이 충만한 그는 적어도 가슴에는 희망을 안고 있었다!…

희망! 그렇다. 희망이야말로 다리오가 '파리 이야기'라는 부제의 이야기에서 본 님프의 환상이다. 감칠맛 나고 우아하게 아름다운 이야기라서, 그대들은 넘실거리는 맑은 물속에서 짓궂은 웃음을 머금고 출현하는 님프 그 자체를 보게 된다. 그러나 옆길로 새지는 말자.

고통과 추위로 죽는 우리의 시인으로 돌아가자. 우리는 그가 환상의 하늘에서 되살아나는 것을 볼 것이다.

그대들은 꼬마여왕 맙을 아는가? 셰익스피어가 로미오와

34 루벤 다리오는 칠레의 항구도시 발파라이소에서 세관 직원으로 일한 적이 있다.

줄리엣을 보내 준 꿈과 연인들의 나라에서 노닐던 여왕을? 화려한 깃털, 윤기 나는 갑옷, 투명한 날개의 네 마리 딱정벌레가 끄는 조그만 진주마차에 앉아 햇살을 타고 내려오는 상냥한 요정인 그녀, 바로 그녀가 시인을 해방시켜 줄 이다. 최소한 그를 잠들게 해줄 것이며, 고통을 속이고, 괴로움을 잊게 해줄 것이다. 어떻게 그럴 수 있는지 그대들은 아는가? 화폭을 보아라! 그러면 알 수 있다. 자신의 푸른 베일로 다정다감하고 부드럽게 시인을 감싸 주고 있다. 마치 환상의 그림자처럼 거의 촉감이 없는 얇은 베일로. 이 마법의 베일은 달콤한 꿈을 가져다주고 삶을 장밋빛으로 보이게 해준다. 이제는 이해하겠는가?

단테는 희망을 지우고 지옥을 창조했다. "온갖 희망을 다 버릴지어다!"[35]… 그대들이여, 신성한 희망을 밤 위에 뿌려라. 그러면 낮이 될 것이다.

바로 그 일을 맙 여왕이 한 것이다.

불행하게도 이 얇은 베일은 차갑고 혹독하고 가공할 현실의 난폭한 바람 한 번에 찢어져 증발한다.

환멸의 시간이 바로 닥친다. 딱 거지 모습이지만 순례자나 시인일지도 모를 사람은 금줄을 치렁거리는 궁전 시종들의

35 단테가 베르길리우스와 지옥의 문에 다다랐을 때, 지옥문 입구에 적혀 있던 문구.

멸시와 창녀들의 비단옷 끄는 소리가 자신의 얼굴에 침을 뱉는 듯한 느낌에 순식간에 잠에서 깬다.

거지 같은 그 사람은 미소를 지으며 우뚝 선다. 그 단테 같은 얼굴에 산에 구름 낀 듯 그늘이 지고, 눈은 분노의 불꽃을 발하고, 혀는 유베날리스[36]의 그것처럼 마침내 복수의 벼락을 내린다! 부에 따른 부패상에 항거하는 강력한 풍자인 그 「황금의 노래」이다. 이 작품에서 시인은 신음과 디티람보스[37]와 웃음을 한데 섞어 밤바람에 실어 보내고, 그 한탄의 메아리 속에서 무시무시한 어둠이 계속된다.

그러나 불행하게도 이 복수의 목소리들은 권세가들의 꽉 막힌 귀에는 들리지 않고, 그들의 가슴에도 닿지 않는다. 청동보다 더, 은행 궁륭보다 더 단단하고, 동정심이라는 것은 찾아볼 수 없는 그들의 가슴에는.

시인은 어떻게 되었을까? 이제 맙 여왕도 없으니!… 푸른 베일은 존재하지 않는다…. 「황금의 노래」는 망각의 바람 속에 흩어져 버렸다…. 우리의 3부작에 에필로그라도 있으려나? 화랑을 더 돌아보자. 아!… 아!… 있다!… 오늘날 시인은 보헤미인이 되어 '루테티아 파리시오룸', 즉 파리에 살고 있다. 세

36 Decimus Junius Juvenalis(50?~130?), 부패한 사회상에 대한 격정적인 풍자시로 유명한 로마의 시인.

37 dithyrambos, 고대 그리스에서 술의 신 디오니소스를 찬양하고 노래한 합창.

계의 심장이고, 세계의 머리가 되기를 원하는 도시에. 시인은 그곳에 있다. 비록 변신을 했지만 나는 알아볼 수 있다.

이제 우리는 요정들의 나라에서 삶을 담은 산문의 세계로 넘어왔다. 우리는 맥주를 손에 들고 파이프를 입에 물고서 보헤미안풍 카페 플롱비에에 있다…. 그곳에는 학생과 예술가, 길 잃은 이와 사상가, 뭔가 들어 있는 번뜩이는 머리를 지닌 이들, 전통의 초록색 월계수를 갈구하는 젊은 얼굴을 한 이들이 무리 지어 소란을 떤다.

그곳에 그 가르생이 있다. 모두에게 사랑을 받고, 슬픔에 잠겨 있고, 몽상가이고, 압생트 애호가이고, 과감한 즉흥시인이고, 보헤미안답게 두려움도 결점도 없던 바야르 영주[38] 같은 존재였다. 보다시피 이제는 옷도 무대도 바뀌었다. 그러나 부르주아 왕이 굶어 죽도록 내버려 둔 바로 그 무명시인이고, 맙 여왕이 베일로 감싸 준 예술가이고, 절규하는 '황금의 노래'를 허공에 불화살처럼 쏘아 올린 거지이다.

그 보헤미안은 '파랑새'라고 불린다. 그는 아름다운 이웃집 아가씨 니니를 위하여 마드리갈[39]을 짓고 야생 오랑캐꽃을 꺾는다.

38 바야르(Bayard) 영주였던 피에르 테라유(Pierre Terrail, 1476~1524)를 가리킨다. '두려움도 결점도 없던 기사'라는 명성을 얻은 프랑스 기사도의 상징적인 존재.

39 madrigal, 원래 14세기에 생겨난 노래 형식. 16세기에 동명의 시 형식이 생겨났다.

그러나 순박하고 달콤한 연애는 니니의 죽음으로 별안간 중단된다.

가르생은 슬프게 미소 짓는다. 농담하듯이, 그러나 묘한 말로 친구들과 작별인사를 나눈다. 그리고 이내 뇌수를 여기저기 튀기며 연애에 종지부를 찍는다.

그리하여 천재의 운명과의 이 비극적 투쟁의 에필로그는 이렇게 자살, 영웅적인 비겁함, 숭고한 바보짓으로 끝을 맺는다. 황금과 인간의 맹목성이 그를 공격하고, 희망은 그를 위로하고 사랑은 힘을 북돋아 준다. 그러나 종국에는 에피쿠로스의 추종자 루크레티우스처럼 검은 배의 밧줄을 끊고 사색에 잠겨 영원의 망망대해로 떠난다.

기다려들 보아라. 이 엘리트의 화랑에는 무엇인가 더 우중충하고 더 인간적인 것이 있다. 고야의 데생 연필에 어울리는. 말하자면 빅토르 위고의 작품 보따리에서 떨어졌을 법한 이야기, 『레 미제라블』이나 아미치스의 펜에 의해 부드러워진 『바다의 노동자』[40]의 한 페이지 같은 이야기가 있다.

"그러면 그 소소한 경이로움을 저희들에게도 보여 주세요."

"여기 있다. 제목은 「화물」이다. 이 화폭이 영혼을 울리지 않는가? 아름답게 우중충한 작품이다. 비극의 전율이 있고 조

40 이 소설도 위고의 작품이다.

용한 눈물을 그렁그렁 맺히게 한다."

날이 저문다. 푸르고 음험한 바다 해변에서 늙은 장애인 날품팔이가 칠레 바닷가의 무명의 헤라클레스들 중 하나였던 아들의 슬픈 운명에 대해 들려준다. 아들은 가난한 집안의 기둥이었다. 햇빛이 쨍쨍하든 바람이 불든, 때로는 물이 허리까지 차든지 간에 쉬지 않고 일했다. 늙은 어머니에게 딱딱한 빵 한 조각을 가져다주기 위하여, 그리고 무엇인가 또 다른 것을 위하여. 부자를 더 부자로 만드는 따위의…. 아들은 죽음을 우습게 여기고 위험에 도전하곤 했다. 그러나 어느 날 죽음의 무서운 덫에 걸려 짓이겨졌다. 어떻게 죽었냐고? 크레인이 심연 위로 아주 무거운 화물을 들어 올렸고, 크레인 팔에 걸린 그 물건이 대롱거렸다. 별안간 목재가 아드득거리고 사슬이 삐걱거리고 굵은 줄이 요란하게 끊어진다. 그리고 그 난폭한 짐 덩어리가 떨어지면서 작업 중이던 그 아들이 미친한 구더기처럼 짓이겨진다!… 민초의 우중충한 상(像), 타인의 화물의 희생자, 항상 아무 말 못 하는 고통!

그대들은 울고 있나?… 다른 이야기를 하도록 하자….

*

봄날의 공기, 장미 냄새, 사랑의 그림, 아가씨들이여!…

화가는 '흰 비둘기와 갈색 해오라기'라는 제목을 달았다…. 나라면 다른 제목을 붙일 텐데….

"어떤 제목이요? 어떤 제목?… 들어 보고 싶어요!"

"나라면 '달빛과 햇살'이라고 하겠어."

얼마나 신선하고, 얼마나 섬세하고, 얼마나 인간적이고, 얼마나 신처럼 쓴 것인가.

커다란 메달 앞뒤로 엮여서 서로 보완하고 조화를 이루는 그 한 쌍의 수채화, 소년이 느끼고 어른이 되어 표현한 그 첫사랑의 시는 저절로 문학적 명성을 얻기에 충분하다.

흠!… 애교 많은 아가씨여, 눈은 가리면서 손가락 사이로 슬며시 보고 있구나!…

아! 밀로의 비너스의 정조[41]를 위한 거들을 짜는 영광은 에스탄다르테[42]를 든 성직자들에게나 맡기고, 어머니 자연의 건전한 박동을 위한 신비주의적 우회로를 찾아보자!…

가장 아름답고, 가장 진실하고, 가장 선한 것은 예술의 성스러운 삼위일체이고, 한 줄기 성스러운 빛이 자아낸 세 가지 서로 다른 색이다. 아름다운 것은 진실해야 되고 선해야 한다.

그대들은 이 아름다움의 진실을 저주하면서도 좋은 작품을 쓸 수 있다고 믿을 것인가? 차라리 자연 자체를 저주하라!

「흰 비둘기와 갈색 해오라기」에 묘시된 첫 키스 그림은 '산

41 고대 그리스 말기의 대표적인 비너스 상. 19세기 초 밀로섬(혹은 밀로스섬)에서 발견되어 현재 파리 루브르박물관에 소장되어 있다.

42 Estandarte, 스페인 세비야의 부활절의 거리 행진에 사용되는 성모의 휘장.

문으로 엮은 이야기'에서 '서정시의 해'로, 우아하고 율동미 있는 산문에서 신의 혈통을 지닌 시로의 자연스러운 이행을 위한 예술적 구성이다.

그러나 조금만 기다려 보라. 여기에 있는 딴 그림들에게도 한 번 눈길을 주자. 여기에 위황병[43]에 걸린 소녀가 있다. 연유도 모르고 죽어 가다가, 은혜로운 요정에 의해 태양의 궁전으로 이끌려 간다. 그리고 그곳에서 화색을 되찾고 다시 즐거움을 느낀다.

저 멀리 있는 작은 땅속 정령들을 보자. 건장한 몸, 긴 회색 수염, 허리춤에 찬 도끼, 붉은 고깔모자. 환상적인 세계, 독일에서 산의 비밀을 알고 땅속 어느 곳에 니벨룽겐족[44]의 보물이 있는지 알고 있다는 땅속 정령 코볼트와 니켈의 세계.[45] 이 난쟁이들의 지하세계가 동요하고 들끓고 있다. 인간이 점점 대담해져서, 땅속 정령들이 수백 년래의 광맥에서 밤낮으로 수호하던 사파이어와 루비를 감히 그들의 노(爐)에서 추출해 냈기 때문이다. 그대들은 붉은 루비, 지옥의 어느 신의 핏발 선 눈처럼 번뜩이는 그 붉은 루비에 대해 알고 싶은가? 늙은 땅

43 젊은 여성에게 많은 빈혈증.

44 게르만 전설 속의 난쟁이족.

45 게르만 전설에서 광산에 사는 난쟁이 정령으로 코볼트와 닉 알트가 있는데, 각각 코발트와 니켈이라는 광물 명칭의 기원이 되었다.

속 정령의 말에 귀 기울여 보라. 그대들에게 이야기를 들려줄 테니….

*

'서정시의 해'로 넘어가자니, 그 전에 있는 이 두 편의 파노플리아[46]가 우리를 도발한다. 화가들은 이를 화첩이라 부르는데, 틀 하나에 혹은 옛날 방패 같은 십자형 나무판에 밑그림과 스케치들을 한데 모아 놓았다.

하나는 '발파라이소 사생첩'이고, 또 다른 하나는 '산티아고 사생첩'이다.

리카르도라는 인물이 있다. 그는 인상(印象)과 전경(全景)을 찾아 이 천국의 계곡(사실 천국도 계곡도 아니지만)[47]의 봉우리들을 오른다. 봉우리 아래에서 정상에 이르기까지 걸려 있는 집들, 우아하고 명랑하고 그림 같은 집들이 늘어서 있는 구불구불한 길을 따라간다. 어떤 집은 초록빛 나뭇잎 사이에 있는 하얀 비둘기 둥지 같고, 또 어떤 집들은 낭떠러지로 고개를 내밀고 있는 공중 성곽 같다.

인생이 그렇듯이 더 높이 올라갈수록 더 넓은 지평선이 보

46 그리스어로 '완전 군장'을 뜻한다.
47 칠레 제1의 항구도시 발파라이소(Valparaíso)는 'Valle del Paraíso'의 줄임말이고, 이는 '천국의 계곡'이라는 뜻이다.

이고 하늘과 바다 역시 더 넓어 보인다. 알레그레봉(峰)의 오르막길들과 카미노 데 신투라[48]의 불모의 고독 속에서 리카르도는 보고, 성찰하고, 나중에 글을 남긴다. 극소수의 사람들만 보고, 이들 중에서 더 적은 수의 사람들만 성찰하고, 아무도 글로 남기지 않은 것들을.

그가 본 것을 함께 보자.

작은 영국식 주택 정원에는 금발머리가 바람에 날릴 것 같은 상큼한 메리가 아침 꽃을 따고 있다…. 행복한 붓질로 그려낸 듯한 우아한 여인, 포르투니[49]라도 그리고 싶었을 여인이다. 불그스름한 색과 라일락꽃 색의 수채화 옆에는 루겐다스[50]풍의 칠레 경관이 펼쳐져 있다. 우리 농촌의 와소[51]와 그의 황소가 등장하는데, 황소는 투실투실하고 고분고분하고 느긋하다. 그리고 철학적으로 자신의 풀과 운명을 되새김질하고 있다. 그 너머에는 가죽 앞치마를 두르고 망치 소리에 맞춰 달아오른 쇠를 벼리고 있는 키클로페스[52]들이 노(爐)의 붉은 빛에 비

48 Camino de Cintura, '산허리 둘레길'이라는 뜻으로 알레그레 봉우리를 지난다. 요즘은 '카미노 신투라'라고 부른다.

49 Mariano Fortuny(1838~1874), 스페인 카탈루냐 출신의 화가.

50 Johann Moritz Rugendas(1802~1858), 독일 화가로 아메리카 몇 나라를 방문하여 풍경화와 민족지학적 그림을 많이 그렸다.

51 huaso, 제대로 배우지 못하고 주로 농사에 종사하는 시골사람을 지칭하는 말.

52 그리스 신화의 외눈박이 거인족.

친다. 아! '비둘기 성모'[53]도 있다. 무리요[54]풍 피조물로 아이를 양팔에 안고 있다. 아이는 두 손과 동그스름한 두 다리를 휘저어 대면서, "광대한 푸른 하늘 돔 아래에서 하얀 비둘기를 잡으려" 하는 움직임을 보인다…. 마지막으로 서재 한구석의 그 머리, 반쯤 스케치된 리카르도의 머리가 있다. 그의 관자놀이에서 생각이 맥박 쳐서 곧 수천 마리 나비가 날갯짓하면서 날아오를 듯하다. 이 작품은 자화상으로 '발파라이소 사생첩'의 자필 서명 격으로 마지막 부분을 차지하고 있다.

이제 '산티아고 사생첩'을 돌아보자. 그러나 제목에 혹해 화가가 그림을 그리기 위하여 산티아고 데 콤포스텔라[55]로 순례를 갔다고 착각하지 말라. 그건 결코 아니다. 우리 산티아고의 풍경, 칠레 산티아고의 알라메다[56], 바로 우리의 알라메다를 다룬 글이다. 아침이면 새하얗고 석양에는 분홍빛인 눈과 칙칙한 반암(斑巖)으로 뒤덮여 그 무엇과도 비견될 수 없는 안데스

53 Virgen de la Paloma, 스페인 마드리드의 수호 성모는 고독의 성모(Virgen de la Soledad)이지만 18세기 말 이 성모를 그린 그림이 팔로마('비둘기'라는 뜻) 거리의 어느 집에 걸렸다가 많은 기적을 행하면서 대중들 사이에서 '비둘기 성모'로 통용되기 시작해 오늘에 이르렀다.

54 Bartolomé Esteban Murillo(1617~1682), 스페인의 대표적인 바로크 화가.

55 Santiago de Compostela, 스페인의 도시로 산티아고 순례길의 최종 목적지.

56 Alameda, 사전적으로는 '미루나무(álamo)들이 있는 길'이라는 뜻이지만, 도시민의 산책을 위해 조성된 넓은 가로수 길을 지칭하게 되었다. 산티아고에도 도시를 동서로 가로지르는 대규모 가로수 길이 조성되었는데, 길 이름을 아예 '알라메다'로 붙였다. 지금은 주요 도로 역할을 하고 있다.

산맥, 나무와 대저택과 분수와 동상들, 끝없이 줄지어 가는 사치스럽고 광택이 흐르는 마차들, 최근 유행하는 파리 의상을 차려입은 산보객들, 관찰하고 관찰당하기를 갈망하는 아름다운 여인들의 일요일 과시욕을 볼 수 있는 산티아고를. 이러한 종합적인 풍경에 이어 두번째 그림이 우리를 산티아고의 어느 귀부인 내실로 안내한다. 화장대 앞에서 마치 바토[57]의 화장한 후작 부인들처럼 퐁파두르풍[58] 의상을 입어 보고 있다. 이와 동시에 자신의 우아함이라는 정복 무기도 시험하고 있다. 그녀는 환상적인 무도회에 갈 예정이다…. 아마 모두를 뇌쇄시키리라….

그대들은 정물화와 목판화도 볼 수 있다. 목판화에서는 신비로운 한 귀부인이 눈만 내놓고 망토를 뒤집어쓰고 어스름 속에서 기도를 드리고 있다. 그 너머에는 킨타 노르말[59]의 쾌적한 풍경이 있다. 믿음직한 버드나무의 비호를 받는 행복한 연인 한 쌍이 있다. 어쩌면 밀회일지도 모른다! 이윽고 빛이 변덕을 부린다. 달빛 한 줄기가 구제 불능 몽상가의 창백한 이

57 Antoine Watteau(1684~1721), 로코코 양식을 대표하는 프랑스의 화가이자 판화가. 목가적인 전원 풍경을 배경으로 세련된 의상의 인물들을 즐겨 그렸다. 다리오가 예찬한 화가이기도 하다.

58 퐁파두르 후작부인(Marquise de Pompadour, 1721~1764), 프랑스 루이 15세의 애인으로 궁정 문화와 살롱 문화를 주도하였다.

59 Quinta Normal, 19세기부터 산티아고를 대표하던 공원의 하나.

마 위로 미끄러지더니 밤안개 속으로 사라진다.

대충 훑어본 『푸름…』은 이렇다.

X

피곤하구나. 잠시 앉자꾸나.

그대들은 이 이야기들을 들려준 작가에게서 가장 돋보이는 점이 무엇이라고 생각하는가?

"그의 영감!…"

"그의 환상!…"

"그의 독창성!…"

"그의 우아함!…"

"어허! 나는 다른 것에 관해 말하고자 한다."

루벤 다리오는 어떤 형식을 이용해도 조화를 이룰 줄 아는 각별한 재능을 지니고 있다. 그대들이 알고 있듯이, 어휘들의 적절한 조합에서 출현하는 조화, 이미 모방적 조화이다. 예를 들어, "오래된 부두 […] 아래에는 어두운 연두색 물이 음악적으로 철썩대고 있었다" 혹은 "스치기만 해도 웃음이 절로 피는 비단과 물결무늬 직물"이 그렇다…. 기억을 살려 인용한 문장들이다. 순간순간 감탄사가 터지는 작품들을 보면서 특정 구절을 선택하는 수고를 덜려고.

모방적 조화 외에도 언어를 부드럽고 낭랑한 피리로 변화시키는 또 다른 최고의 것이 있다. 위대한 조화, 모든 조화들 중에서 가장 예술적인 조화로 이데아와 그 표현 사이의 완벽한 합일에 기초하고 있다. 그래서 마치 이 두 가지가 동시에 탄생한 것, 하나가 또 다른 하나를 위해 탄생한 것 같다.

조화의 이 세 얼굴에다가 운율 및 리듬의 법칙에 입각한 언어를 첨가할지어다. 우리의 시인이 어떤 점에서 보기 드문 대가인지 알 터이니. 조화의 재능은 그가 소지한 비밀 중 하나로 우리를 즐겁게 해준다.

XI

'서정시의 해'에는 비록 많지는 않지만 엄선된 시들이 포함되어 있다.

그의 봄의 노래보다 더 섬세한 시, 「여름날에」보다 더 화려한 시는 없다.

장미꽃 향기가 나는 경쾌하고 사랑스러운 로만세[60]인 「봄날에」에는 조화가 두드러진다. 주제의 전개가 이미지, 문채(文彩,

60 romance, 시의 한 형식.

figura), 비유(tropo), 별칭(epíteto), 소리의 조합과 조화를 이룬다. 모든 작품에서 봄과 젊음의 싱그러움과 향유가 흘러, 마치 정말로 우리가 첫사랑들이 꽃피는 계절에 있는 듯 영혼이 즐겁고 마음이 차분해진다.

아메리카에서 이 젊음의 뮤즈에 필적한 시는 거의 존재하지 않았다.

강세 위치가 더 적절하도록 그저 한 행 정도 손질하고 말 정도이다.

장미요 비단인 손으로
내 양손을 잡고 웃어다오.
촉촉하고 자줏빛으로 상큼한
네 입술을 보여다오.[61]

이렇게 해야 이 장단단격 8음절 시행의 강세가 제1음절, 제4음절, 제7음절에 올바로 자리하게 될 것이다.

솟구치는 수액, 움트는 새싹, 터지는 꽃망울, 새둥지와 심장에서 발아하는 사랑에서 비롯된 들판의 향기와 색채를 노래

61 다리오의 「봄날에」에서는 "자줏빛으로 촉촉하고 상큼한"인데, "촉촉하고 자줏빛으로 상큼한"이라고 하는 것이 강세 위치상 더 적절하지 않겠느냐는 의견을 제시하고 있는 것이다.

한다. 꽃의 달, 시인의 달답게 사랑하는 여인을 향한 감미로운 구애가 있다. 그리고 우아하기 짝이 없는 완벽한 아나크레온티카 형식[62]의 연으로 그리스 향취 물씬 풍기는 화려한 대단원을 장식한다.

오, 이제 「여름날에」 차례다! 그 엄청난 긴장과 영감! 그 놀라운 회화적 재능!… 나는 주저하지 않고 단언하련다. 이 시가 카스티야 고답파(Parnaso Castellano)[63]의 가장 아름다운 묘사적 시편들 중 하나라고.

여름은 벵골 호랑이 한 쌍의 사랑으로 상징되고 있다. "윤기 흐르는 얼룩 모피의" 암컷 호랑이가 무대에 홀로 나선다. 이상한 느낌이 암컷을 엄습한다….

> 언덕 비탈에서
> 촘촘한 대나무밭으로 성큼,
> 다시금 자기 굴 입구에

62 아나크레온이 만든 시 형식으로 주로 삶, 포도주, 사랑 등이 주는 쾌락을 노래했다.
63 'Castellano'는 'Castilla'의 형용사로 '카스티야인', '카스티야어'를 뜻한다. 그리고 카스티야는 스페인 중부 지방을 가리키며, 카스티야어가 우리가 스페인어라고 부르는 바로 그 언어이다. 스페인의 수도이자 카스티야 지방의 중심 도시인 마드리드에서 『스페인 고답파: 가장 유명한 카스티야 시인들의 시선집』(*Parnaso Español: colección de poesías escogidas de los más célebres poetas castellanos*)이 1768년에서 1778년 사이에 지속적으로 아홉 권이 출간되었고, 보통 '스페인 고답파'라는 제목으로 통용되었다. 이 서문의 필자는 '카스티야 고답파'로 『스페인 고답파』라는 시집을 지칭한 것인데 제목을 착각했을 가능성이 있다.

우뚝 솟은 바위로 성큼 도약한다.
바위에서 포효하고,
미친 듯이 부르르 떨고,
빳빳한 털이 욕망으로 곤두선다.

처녀 맹수는 연모한다.
찌는 듯한 달이라
땅은 숯불이요,
하늘의 태양은 거대한 불길이다.
[…]
숯가마 열기를 느껴 보라.
아프리카의 밀림이
고요한 하늘 아래에서
열풍의 날개에
자기 숨결을 실어 보낸다.
우쭐한 호랑이는 한껏 들이마신다.
아름답고, 오만하며, 최고라고 느끼자
심장이 뛰고 가슴이 부풀어 오른다.

이 부분은 서론이다. 사건이 전개될, 찌는 듯한 더위의 자연 환경이다.

상아색 발톱을 바위에 갈고, 자신을 핥아 멋을 부리고, 탐스러운 우단 같은 꼬리를 신경질적으로 흔들어 대고, 냄새를 맡고 무엇인가 찾고 이동하고 "야성적인 한숨"을 내쉬는 그 맹수의 발산은 헛된 것은 아니었다.

조용한 포효를 들었다.
기민하게
여기저기를 둘러보았다.
그러고는 언덕 위로 호랑이 수컷의
머리가 출현하는 것을 보았을 때,
확장된 초록색 동공에서 불꽃이 튀었다.
수컷이 다가왔다.
수컷은 매우 아름다웠다.
거대한 몸집, 반지르르한 털,
탄탄한 옆구리, 억센 목,
[…]
걸음걸음마다 위풍당당한
수컷의 몸이 물결쳤다.
가죽 아래로
우람한 근육들이 보였다.
가히 산속의
거친 검투사였다.

그러나 이러다 보면 모두 다 인용해야 된다.

읽고, 또 읽기 바란다. 왜 내가 열광하는지 이유를 발견할 수 있을 테니. 호랑이 수컷에 대한 회화적 묘사도, 수컷과 암컷의 만남도, 사냥 중이던 웨일스 왕자[64]의 예기치 않은 도착도 르콩트 드 릴[65]풍이다. 주위에 무슨 일이 일어나고 있는지 깨닫지 못한 채 서로 애무하는 무시무시한 맹수들을 본 왕자는 가던 길을 멈춘다. 앞으로 전진하고 총을 겨누고 발포한다. 이 소리에 놀란 수컷은 도망친다.

수컷은 도망치고
암컷은 복부가 찢어진 채 그 자리에 남는다.

아, 죽음이 임박했다!…
그러나 기력이 쇠하고 몸이 굳은 채
상처로 피를 쏟으면서도 고통스러운 눈으로
그 사냥꾼을 바라보았다. 여인의 단말마 같은
신음소리를 내뱉었다… 그리고 쓰러져 죽었다.

64 1301년부터 영국 왕세자의 명칭.
65 Charles-Marie-René Leconte de Lisle(1818~1894), 장중한 고답파의 시풍을 확립한 프랑스 시인.

당연히 이 그림은 여기서 끝난다. 그래서 그 뒤의 마지막 부분은 늘 사족처럼 여겨질 것이다.

나는 또 무대를 벵골 호랑이들의 요람이며 영국 왕자들의 사냥터인 인도로 옮기고 싶다. 아프리카 밀림을 택한 것은 다리오의 잘못이다. 동일한 이유로 무성한 나뭇가지 사이로 껑충껑충 도망가는 캥거루 동물도 없애야 할 것 같다. 단지 '캥거루'라는 어휘의 자음이 매력적이라는 이유로 진짜 호랑이들이 살고 있는 땅으로 데려갔을 뿐이다.

그러나 이는 쉽게 고칠 수 있는 오점이지 결코 작품의 미덕을 감소시키는 것이 아니다.

다리오가 가을과 겨울에 바치는 노래들은 우리 남반구 하늘의 별들 같은 아름다움으로 가득 차 있다. 그 아름다움을 일일이 열거하지는 않겠다.

「가을 생각—아르망 실베스트르[66]에 대해」와 다른 작품들의 관계는 이를테면 잎사귀와 꽃잎 관계이다. 또 「아낭케」[67]는 ('아낭케'가 그리스어인지 일본어인지는 모르겠다) 비둘기를 노래한 최고로 우아하고 아름다운 노래이다. 그러나 불행한 결

66 Paul-Armand Silvestre(1837~1901), 다리오가 높이 평가한 프랑스의 고답파 시인.

67 Ananke, 그리스 신화에서 시간을 움켜쥐고 있는 신인 크로노스의 딸로 숙명을 신격화한 여신. 빅토르 위고는 노트르담 성당에 이 단어가 쓰여 있는 것을 보고 『노트르담의 꼽추』를 썼다고 한다.

말로 퇴색되었기 때문에 주저하지 말고 삭제해야 할 것이다.

만일 다리오가 행복의 노래를 부른 뒤에 자신의 이데아를 완결시키고 싶다면, 만일 미소 짓는 이를 호시탐탐 노리는 불행을 그리고 싶다면, 만일 비둘기를 잡아먹는 새매로 숙명(아낭케가 숙명을 뜻한다) 이미지를 자아내려 했다면 마지막 부분이 달랐으면 한다.

다리오에게는 단 한순간도 예술가답지 않은 일이 허용되지 않기 때문이다.

「아낭케」는 이렇게 시작한다.

> 그리고 비둘기는 말했다.
> 나는 행복해. 광대무변한 하늘 아래에,
> 꽃피는 나무에, 꿀맛 같은 사과 옆에,
> 이슬방울로 촉촉한
> 부드러운 어린 가지 옆에
> 보금자리가 있어서.
> [⋯]
> 나는 행복해! 새둥지들의 신비가
> 감도는 숲이 내 것이고,
> 여명이 내 축제요,
> 사랑이 내 수련이자 전투이기에.
> 나는 행복해! 달콤한 애정으로 한껏

새끼들을 따뜻하게 품는 것이 내 자부심이요,

전인미답의 밀림에 천상의 음악인

내 구애 소리가 울려 퍼지기에.

나를 사랑하지 않는 장미 없고,

내 말에 귀 기울이지 않는 새 없고,

나를 찾지 않는 늠름한 노래꾼이 없기에.

그래? 그때 사악한 새매가 말했다.

그리고 격분하여 비둘기를 집어삼켰다.

마지막 시행은 평범해서, 그토록 우아하고 잘 만들어진 나머지 시행들을 퇴색시킨다. 최소한 내 구미에는 맞지 않는다. 정말로 터놓고 말할 것이 있다. 그다음에 오는 참혹한 마지막 연은 어떤 시각으로든 용인할 수 없다. 작품에 불필요하고 반(反)예술적이고 신성모독이기 때문에 삭제할 수 있고 삭제되어야만 한다.

그렇다. 아가씨들이여, 똑똑히 알아 두기 바란다. 나는 자유사상가이고, 심지어 도스 코라소네스[68] 복음전도회의 선량한 수녀들은 나에 대해 잘 알지도 못하면서 무신론자라고 하지

68 Dos Corazones, '두 개의 심장'이라는 뜻이며, 각각 예수와 성모마리아의 심장을 가리킨다.

만, 예술에 해가 되는 이 무절제함은 용인하지 못한다.

시인은 계속 말한다.

그때 자애로운 하느님은
옥좌에 앉아 생각에 잠겼다.
(사탄은 하느님의 분노를 얼버무리려고
그 사나운 새매에게 박수갈채를 보냈다.)
하느님은 미간을 찌푸렸다.
자신의 크나큰 계획들을 하나하나 떠올렸다.
그리고 생각했다.
비둘기를 창조했을 때
새매는 만들지 말았어야 했다고.

아가씨 친구들이여, 허락한다면 헤어지기 전에 이와 관련된 마지막 여담을 해도 될까?

"해보세요."

그대들은 알아야 한다. 별과 행성들을 다룬 『알폰소 천문표』(*Tablas Alfonsíes*)를 쓸 정도로 천문학에 조예가 깊었던 현왕 알폰소[69]는 프톨레마이오스의 천문학 체계가 저지른 오류들

69 Alfonso el Sabio(1221~1284), 중세의 카스티야 연합왕국의 알폰소 10세를 가리킴. 학문과 예술을 크게 진흥시켜 '현왕'(el Sabio)이라고 불린다. 무슬림과 유대인의 지

때문에 화가 나서 우주 체제 자체가 무질서하고 비일관적이라 믿고 창조주를 탓했다는 사실을. 그 훌륭한 왕은 우주의 조물주를 비판한다 생각했는데, 그 비판은 자신의 아랍인 스승들과 마찬가지로 자신이 추종하던 프톨레마이오스를 향한 것이었다. 이처럼 이 지구의 예의 도덕적 무질서와 부당함을 탓하는 이들이 단죄하는 것은 사실 만물에 대한 자신의 잘못된 인식이다.

우리는 왜 매가 비둘기를 잡아먹는지 설명하지 못한다. 그리하여 우리의 무지는 정의의 근원이고 모든 선의 원천인 하늘과 땅의 창조주에게 책임을 넘긴다.

작품을 찬양하고 그 작가를 사랑하자. 이러한 것이 없으면 예술도 없다. 아름다운 것, 진실한 것, 선한 것은 자연의 품에서 발아한다. 빛, 온기, 생명이 태양에서 발아하듯이. 예술은 푸르다.

그대들은 시인인가? 예술을 사랑하는가? 이 성스럽고 선하고 현명한 자연이 아니면 그대들은 대체 어디에서 최고의 모범과 최고의 스승을 찾을 수 있겠는가? 항상 아름답고 미소지으며 생산적인 자연, 항상 처녀이고 어머니이기에 거품의 비너스와 요베 머리의 미네르바[70] 등의 그리스 예술을 탄생시

식을 적극적으로 받아들여 유럽 전체로 볼 때도 중요한 역할을 했다.

70 비너스는 물거품이 이는 가운데 조개 속에서 태어났다. 요베는 로마 신화의 유피테

킨 자연.

자연에서 시의 비밀을 찾거라. 자연은 그대들에게 사랑의 무기력한 요소와 살아있는 요소들을 줄 것이다. 자연은 하늘이고 공기이고 지구이다. 남자이고 여자, 빛과 사랑, 과학과 미덕, 색채와 조화… 즉 신으로 종결되는 신비로운 계단이다.

아름다운 독자들이여, 저 불행한 마지막 부분을 삭제하라. 만일 작가가 삭제하지 않으면, 그대들이 대신 그렇게 하라. 이 아름다운 책을 읽으면서 얻었을 미학적 즐거움에 대한, 표지에 '푸름…'이라는 신비로운 단어가 새겨져 있고 '서정시의 해'에 왕가의 보물들을 품고 있는 멋진 예술상자를 관조하면서 얻었을 몽상들에 대한 애정과 감사의 표시로.

예술의 고상한 감동을 능히 느낄 감성적인 심장을 지닌 그대들이여, 이제 내게 말해다오. 이 얇은 책의 작가는 정말로 위대한 시인이 아닐까?

질투가 무색해지고 니카라과는 으쓱하리라. 그 땅에는 예지자가 아무도 없지만, 성공적인 미래가 다리오에게 그 왕관을 씌워 줄 것이다.

나를 믿는 그대들이여, 그대들에게는 감성과 예감이 있으니 우리의 시인에게 경배드릴지어다. 술람미 여인이 시인 다윗에

르(그리스 신화의 제우스)의 다른 이름이고, 지혜의 신 미네르바는 요베의 머리에서 갑옷을 입은 완전무장의 상태로 태어났다.

게 그리했듯이.[71] 실수할까 겁내지 말지어다. 그에게는 불멸의 사원에 입성할 출입증이 있으니까. 그 출입증에는 세 단어가 적혀 있다.

'사랑, 빛, 신의 뜻.'

에두아르도 데 라 바라

스페인황실학술원 회원

71 술람미 여인은 성경에서 시인이기도 했던 다윗 왕의 여인으로 나오는 인물.

I. 산문으로 엮은 이야기

부르주아 왕

—명랑한 이야기—

친구여! 하늘은 흐리고 공기는 차갑고 슬픈 날이로세. 그러니 즐거운 이야기로 자욱한 잿빛 우수를 날려 보자꾸나. 이제 시작해 보세.

*

크고 화려한 어느 도시에 막강한 권세의 왕이 있었다. 의복은 기상천외하고 호화로웠으며, 흑백의 나체 여자 노예, 긴 갈기의 말, 빛나는 무기, 빠른 사냥개, 팡파르 소리로 바람을 채우는 청동 뿔나팔을 든 몰이꾼들을 거느리고 있었다. 그는 시인 왕이었을까? 아닐세, 친구여. 부르주아 왕이었다네.

*

왕은 대단한 예술 애호가였다. 자신의 음악가, 디티람보스 연

출가, 화가, 조각가, 약제사, 이발사, 펜싱 스승들에게 많은 것을 베풀었다.

왕은 숲으로 갈 때마다, 수사학 스승들로 하여금 상처를 입고 피 흘리는 노루나 멧돼지 옆에서 즉흥적인 글을 짓게 했다. 시종들은 끓어오르는 포도주를 황금잔에 가득 채우고, 여인들은 리드미컬하고 우아하게 박수 쳤다. 그는 태양왕이었고, 자신의 바빌로니아를 음악과 가가대소와 연회 소리로 채웠다. 번잡한 도시에 싫증이 나면 휘하 무리를 거느리고 사냥에 나서 숲을 떠들썩하게 만들었다. 놀란 새들이 둥지에서 나오고, 그 시끌벅적한 소리는 가장 깊은 굴속에도 울렸다. 개들은 탄력 좋은 다리로 수풀을 헤치며 내달리고, 납작 엎드려 말달리는 사냥꾼들은 상기된 얼굴로 머리카락과 자줏빛 망토를 바람에 흩날렸다.

*

왕에게는 엄청난 재물과 경이로운 예술품이 쌓여 있는 웅대한 궁전이 있었다. 그곳에 가려면 라일락 넝쿨과 광대한 연못을 지나야 했다. 절도 있는 시종들의 인사 이전에 목 하얀 백조들의 인사를 먼저 받는 셈이었다. 고상한 취향! 에메랄드가 박혀 있는 설화석고 기둥이 도열된 계단을 올라야 했다. 양옆으로는 솔로몬의 왕관 장식 같은 대리석 사자들이 있었다. 세련됨! 조화(造化)를 사랑하는 이답게, 새의 구애 소리와 지저귀는 소리를 사랑하는 이답게 왕은 백조 이외에도 널찍한 조류 우리를 소유하고 있었다. 그는 그 주변에서 오네[1]의 소설이나 에르모시야[2]의 아름다운 문법서나 평론들을 읽으면서 정신세계를 도야했다. 그랬다. 부르주아 왕은 적어도 문학의 학술적 올바름 및 예술 향유 방식에 관한 한 완고한 수호자였다. 또한 사포(砂布)와 철자법을 사랑한 숭고한 정신의 소유자였다.

*

일본풍이고 중국풍이고 간에 부르주아 왕에게는 그저 한때 유행일 뿐! 그는 공쿠르의 취향과 크로이소스[3]의 온갖 물건에 어울리는 살롱을 즐길 수 있었다. 입을 벌리고 꼬리로 똬리를 튼 환상적이고 경이로운 모습의 갖가지 청동 키메라, 괴기스러운 식물들의 잎사귀와 나뭇가지 및 미지의 동물들로 세공된 교토 칠기, 기이한 날개를 펴고 벽에 앉은 나비, 가지각색의 물고기와 수탉, 저승사자 표정이 생생한 눈의 가면, 고색창연한 창날과 연꽃을 삼키는 용 문양 손잡이의 창(槍), 거미줄로 짠 듯한 노란색 비단 튜닉을 방불케 하는 달걀 모양 세공품과 그 표면

1 Georges Ohnet(1848~1918), 프랑스 소설가.
2 José Gómez Hermosilla(1771~1837), 스페인의 문법 학자이자 문학 비평가.
3 B.C. 6세기 인물로 소아시아에 위치해 있었던 리디아의 마지막 왕이었으며 엄청난 부로 유명했다.

에 흩뿌려 놓은 붉은 해오라기와 푸른 벼이삭, 허리까지 덮은 가죽옷에 팽팽한 활과 화살 다발을 찬 타타르족 전사들이 새겨진 수백 년 된 자기 그릇들.

그밖에도 여신, 뮤즈, 님프, 사티로스[4]의 대리석 조각상들이 그득한 그리스 살롱이 있었다. 또 위대한 바토와 사르댕[5]의 그림들이 있어, 갈랑 양식의 시대를 연상시키는 살롱도 있었다. 둘, 셋, 넷, 도대체 얼마나 많은 살롱이 있었을까?

그리고 메세나[6]인 부르주아 왕은 모든 살롱을 돌아다녔다. 트럼프 카드 속의 왕처럼 일종의 위엄이 넘치는 얼굴과, 행복한 배와, 왕관을 쓴 모습으로.

*

하루는 신하, 수사학자, 승마 및 무용 선생들에게 에워싸인 왕의 옥좌 앞에 기이한 인간 족속을 데리고 왔다. 왕이 물었다.

"그것이 무엇이냐?"

"전하, 시인입니다."

왕은 연못에는 백조를, 조류 우리에는 카나리아, 참새, 지빠귀를 보유하고 있었다. 하지만 시인은 뭔가 새롭고 이상한 것

4 그리스 신화에 나오는 반인반수의 모습을 한 숲의 정령
5 Jean-Batiste Simeón Chardin(1699~1799), 프랑스의 화가.
6 예술 후원자.

이었다.

"여기에 놓아두어라."

그러자 시인이 말했다.

"전하, 저는 아무것도 먹지 못했습니다."

왕이 말했다.

"말하라, 그러면 먹을 것이다."

시인은 말하기 시작하였다.

*

"전하, 저는 오래전부터 미래의 언어를 노래하고 있습니다. 허리케인이 휘몰아칠 때 날개를 펼쳤습니다. 오로라와 함께 태어났습니다. 입에는 찬미가를 머금고 손에는 수금을 들고 위대한 태양이 뜨기를 기다려야 하는 선택된 종족을 찾고 있습니다. 병든 도시의 영감, 향수 냄새 가득한 침실, 하찮은 일로 영혼을 채우는 육욕의 뮤즈, 미분(米粉) 화장한 얼굴을 버렸습니다. 연약한 현으로 알랑대기만 하는 하프를, 원기를 주기는 커녕 취기만 돌게 하는 포도주 거품 넘치는 보헤미아 술잔과 술병에 내리쳐 부숴 버렸습니다. 어릿광대나 여자로 보이게 하는 망토를 집어던지고 야성적이고 인상적인 옷을 입었습니다. 그래서 제 누더기 옷은 자주색입니다. 밀림으로 가서 원기를 찾았고, 풍요로운 젖과 새생명의 술을 원 없이 마셨습니다. 험악한 바다의 해변, 강력하고 검은 폭풍우 속에서 저는 머리를 흔들면서 마치 도도한 천사나 올림푸스산의 반신(半神)처럼 마드리갈을 망각의 늪으로 보내고 얌보[7]를 연습했습니다.

대자연을 어루만지고, 이상의 열정에 취해 하늘 저 높은 곳의 별과 대양 밑바닥의 진주에서 시구를 찾았습니다. 저는 힘차게 나아가고자 했습니다! 이제 곧 대혁명의 시기가 오기 때문입니다. 온통 빛이요, 설렘이요, 권세인 메시아와 함께. 그의 성령을 강철의 연(聯), 황금의 연, 사랑의 연으로 구성된 시, 개선장군에게 합당한 시로 맞이하여야 합니다.

전하, 예술은 차가운 대리석 표면에도, 알랑대는 그림에도, 경애하는 오네 씨한테도 존재하지 않습니다! 전하, 예술은 정장 바지를 입지 않고, 부르주아지의 언어로 말하지 않고, 명쾌한 답을 내놓지도 않습니다. 예술은 존엄하고, 황금 망토 혹은 불꽃 망토를 걸치든지 아니면 차라리 벌거벗고 있고, 열심히 점토를 반죽하고, 빛으로 그림을 그리고, 풍성하고, 독수리처럼 날개로 공격하거나 사자처럼 앞발로 후려칩니다. 전하, 아폴로와 거위 중에서 아폴로를 택하옵소서. 비록 아폴로는 흙을 구워서, 거위는 상아로 만들었다 하더라도 말입니다.

오, 시여!

그렇습니다! 운율로 매춘이나 하고, 여인 얼굴의 반점이나

7 yambo, 단장격으로 이루어진 작시법.

노래하고, 시로 꿀물이나 만듭니다. 더구나, 전하, 제화업자가 저의 엔데카실라보[8]를 흉보고 약학 교수는 제 영감에 토를 답니다. 전하, 이 모든 것을 허락하시다니요!… 이상(理想), 이상은….”

왕이 그의 말을 끊었다.

“다들 들었을 터인데, 어이할꼬?”

철학자가 발언한다.

“전하만 허락하신다면, 음악상자로 먹고살게 하시면 되옵나이다. 전하께서 산책하실 때를 위해, 저 자를 정원에, 백조들 근처에 둘 수 있습니다.”

“옳거니!” 왕이 말했다.

그리고 시인을 향해 이렇게 말했다.

“음악상자 손잡이를 계속 돌리거라. 입은 다물고. 굶어 죽기 싫거든 음악상자를 돌려 왈츠, 스퀘어 댄스곡, 헝가리 무곡을 울려라. 음악 한 곡에 빵 한 쪽이다. 헛소리도 늘어놓지 말고 이상을 운운하지도 말라. 물러가거라!”

*

그날 이후부터 백조들의 연못 물가에서 음악상자 손잡이를 돌

8 endecasílabo, 11음절의 시행 형식.

리는 굶주린 시인을 볼 수 있었다. 티리리린, 티리리린…. 그는 위대한 태양이 내려다보는 것이 부끄러웠다! 왕이 주변을 지나가기는 했을까? 티리리린, 티리리린!… 굳이 배를 채워야 했을까? 티리리린! 활짝 핀 라일락꽃 이슬을 마시러 온 들새들의 조롱, 시인의 얼굴을 쏘아대 눈물이 그렁그렁하게 만든 벌들의 윙윙 소리, 볼을 타고 흘러내려 시커먼 땅으로 떨어진 눈물. 티리리린!…

*

겨울이 왔다. 가련한 시인은 몸도 마음도 추웠다. 그의 뇌는 마치 돌처럼 굳어지고, 위대한 찬미가들은 망각의 늪에 빠졌다. 독수리떼로 왕관을 삼은 산의 시인이었던 그는 지금은 음악상자 손잡이를 하염없이 돌리고 있는 가련한 시인일 뿐이다. 티리리린!

눈이 내릴 무렵, 왕과 신하들은 이미 시인을 잊어버렸다. 새들은 추위로부터 보호해 주었건만, 시인은 살을 에고 얼굴을 매질하는 얼음장 같은 날씨 속에 그대로 내버려 두었다. 티리리린!

*

높은 하늘에서 수정 같은 하얀 눈이 내리던 어느 날 밤 궁전에서 파티가 열렸다. 샹들리에 불빛이 대리석, 황금, 옛 도자기

었다. 더 대단하고 말고의 차이는 있지만 우리 모두는 예술가였고, 기괴한 넥타이를 맨 뚱뚱한 학자도 한 사람 있었다. 목에 두른 새하얀 냅킨 때문에 커다란 넥타이 매듭이 유난히 돋보였다.

누군가가 말했다. "아 맞아, 프레미에[2]야!" 화제는 프레미에에서 그의 동물상, 조각 실력, 우리 근처에 있는 두 마리의 개 청동상으로 옮아 갔다. 한 마리는 사냥감의 발자취를 찾고 있었고, 또 한 마리는 마치 사냥꾼을 쳐다보듯 목을 치켜들고 팽팽하고 가냘픈 꼬리를 높이 세우고 있었다. 누가 미론[3]에 대해 이야기했을까? 학자는 "목동아, 소떼를 멀찌감치 데려가서 풀을 뜯겨라. 미론의 암소 조각상이 숨 쉬는 줄 알고 나중에 같이 데리고 갈라"라는 아나크레온의 풍자시를 그리스어로 낭송했다.

레스비아는 설탕을 다 빨아 먹고는 은방울 같은 소리로 크게 웃었다.

"흥! 나는 사티로스를 원해요. 내 청동상에도 생명을 불어넣을 수 있다면, 그 털북숭이 반인반수를 애인으로 삼고 싶어

2 Emmanuel Frémiet(1824~1910), 잔 다르크 조각으로 유명한 프랑스 조각가.
3 Myron, 기원전 5세기의 그리스 조각가. 청동 조각에 정통했고 「원반 던지는 사나이」로 유명하다.

요. 내가 사티로스보다 켄타우로스[4]를 더 예찬한다는 것도 말해 두죠. 그 건장한 괴물을 하나 훔치고 싶네요. 슬픔에 가득 차 피리를 불게 될 속은 자의 한탄을 듣고 싶거든요."

학자가 말을 끊었다.

"좋죠! 사티로스와 파우누스[5], 켄타우로스와 세이레네스는 살라만드라와 피닉스처럼 실제 존재했으니까요."

모두 웃음을 터뜨렸다. 큰 웃음의 합창 사이로 뇌쇄적이고 매력적인 레스비아의 웃음소리가 들렸다. 그 아름다운 여인의 이글거리는 얼굴은 쾌락의 빛을 발산하는 듯했다.

*

학자는 계속 말했다.

"그렇소. 우리 현대인이 무슨 권리로 고대인이 단언하는 사실들을 부정할 수 있겠소? 알렉산드로스 대왕이 본, 사람만큼 큰 개는 심해에 사는 거미 크라켄[6]과 마찬가지로 너무나 사실적이오. 성 안토니우스는 90세의 나이에 굴에 사는 늙은 은자

4 그리스 신화에 등장하는 반인반마 종족.

5 Faunus, 고대 로마의 목신(牧神). 그리스 신화의 판과 동일시되어 대개는 판과 마찬가지로 염소의 다리가 달리고 뿔이 나 있는 모습으로 상상되었다.

6 Kraken, 스칸디나비아 신화 속의 괴물. 보통은 거미가 아니라 문어나 오징어를 닮은 괴물로 묘사된다.

파울로스를 찾아 떠났소.[7] 레스비아, 웃지 마시오. 그 노인은 자신이 찾는 사람이 어디 있는지도 모르면서도 지팡이에 의지하여 황야를 가고 있었소. 한참을 걸었는데, 누가 길을 가르쳐 주었는지 아시오? 어느 작가에 따르면,[8] "반은 사람이고 반은 말인" 켄타우로스였소. 마치 화난 사람처럼 말했고, 얼마나 빨리 도망가는지 곧 성인의 시야에서 사라졌소. 머리카락을 대기에 휘날리고 배를 땅에 붙이고 그렇게 내달렸소.

바로 그 여행에서 성 안토니우스는 사티로스를 보았다오. '기이하게 생긴 조그마한 사람으로 실개천 옆에 있었다. 코는 매부리코에 얼굴은 까칠하고 주름져 있었고, 그 기형적인 몸의 마지막 부분은 산양의 다리였다'는 것이오."

레스비아가 말했다. "더도 덜도 아닌 코쿠로 씨네요. 미래의 학술원 회원 말이에요!"

학자는 계속해서 말했다.

"성 히에로니무스[9]가 말하기를, 콘스탄티누스 대제 시절에 살아 있는 사티로스를 알렉산드리아로 데려왔고, 그가 죽었을

7 '이집트의 안토니우스' 또는 '사막의 안토니우스'라 불리는 성 안토니우스(251?~356)는 기독교 수도주의의 창시자이고 파울로스(228~342?)는 로마제국 시대 이집트 테베의 은자.

8 예수회 소속의 후안 에우세비오 니에렘베르그(Juan Eusebio Nieremberg, 1595~1658)를 가리킨다.

9 Eusebius Hieronymus(345?~419?), 라틴 4대 교부의 한 사람.

때 신체를 보존하였다 합니다. 더구나 황제는 안티오키아에서 그 사티로스를 보았다 하고요."

레스비아는 자신의 박하술 술잔을 다시 채우고, 고양이과 동물처럼 초록색 술에 혀를 날름거렸다.

"알베르투스 마그누스[10]는 말하기를, 당대에 작센 지방의 산에서 사티로스 둘이 잡혔다고 합니다. 하인리히 콘만[11]은 타타르 땅에는 외다리 인간, 팔 하나만 가슴에 달린 인간도 있다고 했소. 빈첸티우스[12]는 말하기를, 당대의 프랑스 왕에게 데리고 온 괴물을 보았다 합니다. 개의 머리를 하고 있었고(레스비아가 웃었다), 넓적다리와 팔과 손에는 우리와 마찬가지로 털이 별로 없었다는군요(레스비아는 마치 누군가가 간지럼 태운 여자아이처럼 몸을 들썩들썩했다). 그 괴물은 구운 고기와 포도주를 맛있게 먹고 마셨다 하고요."

레스비아가 외쳤다. "콜롬비네!" 그러자 목화송이 같은 애완견 콜롬비네가 왔다. 모두가 폭소를 터트리는 가운데 주인이 강아지를 집어 들었다.

"뽀뽀해 줄게. 괴물이 네 얼굴을 하고 있었대!"

레스비아는 입에 뽀뽀를 했고, 강아지는 한껏 쾌감을 느끼

10 Albertus Magnus(1193~1280), 독일의 신학자, 철학자, 자연과학자.
11 Heinrich Kornmann(1570~1627), 독일의 법률가, 연대기 저자.
12 Vincentius(?~304), 스페인 최초의 순교자.

는 듯 몸을 부르르 떨면서 콧구멍을 벌렁거렸다.

학자는 우아하게 끝을 맺었다. "트랄레스의 플레곤[13]은 두 종류의 켄타우로스가 있다고 단언하오. 한 종류는 반은 사람, 반은 코끼리입니다. 게다가…."

"학식 자랑 좀 그만하세요." 레스비아가 말했다. 그리고 나머지 박하술을 마셨다.

나는 행복했다. 그때까지는 입도 떼지 않고 있다가 외쳤다. "오! 내게는 님프들을! 내 비록 악타이온처럼 사냥개들에게 갈기갈기 찢기는 한이 있어도 숲과 샘에서 님프들의 나신을 기꺼이 보고 싶소.[14] 하나 님프는 존재하지 않소."

그 즐거운 콘서트는 웃음의 위대한 푸가, 사람들의 위대한 푸가로 끝을 맺었다.

레스비아는 음탕한 눈으로 나를 뜨겁게 바라보면서 마치 혼자만 들으라는 듯 조용한 목소리로 말했다.

"님프는 존재한답니다. 보게 될 거예요!"

13 2세기 그리스 트랄레스에서 활동한 자유민 작가이자 역사학자로 반인반마의 괴물 등을 다룬 저작이 있다.

14 악타이온은 그리스 신화에 나오는 영웅적인 사냥꾼. 아르테미스의 목욕 장면을 엿보다가 들켜, 분노한 여신이 그를 사슴으로 변하게 하는 바람에 자신의 사냥개들에게 물려 죽었다.

*

어느 봄날이었다. 나는 진중한 몽상가처럼 성내 공원을 헤매고 있었다. 참새들은 새로 핀 라일락꽃 위에서 짹짹거리면서 딱정벌레를 쪼고, 딱정벌레는 에메랄드 등갑과 황금과 강철을 섞은 흉갑으로 버티고 있었다. 암적색과 선홍색의 장미들, 감미로운 향기로 스며드는 파도, 그 너머에 넓은 군락지를 형성한 온화한 색채와 처녀 내음의 오랑캐꽃. 이어진 높은 나무숲, 천여 마리 벌떼가 윙윙거리는 무성한 가지, 그늘진 곳의 동상, 청동 투원반 선수, 늠름한 수련 자세를 취하고 있는 근육질의 검투사, 덩굴이 뒤덮여 향기로운 회전교차로, 주랑 현관, 아름다운 이오니아풍 복제품, 하얗고 관능적인 여인상 기둥, 널찍한 등판과 어마어마한 허벅지의 거인 아틀라스류의 건장한 남성상 기둥. 이러한 매혹적인 것들이 가득한 미로를 헤매고 있을 때 문득 소리가 들렸다. 숲속 어두운 곳, 설화석고로 조각해 놓은 듯한 하얀 백조들과 검은 양말을 하얀 다리에 신은 듯 목의 절반만 흑단색인 백조들이 노니는 연못에서.

나는 가까이 갔다. 내가 꿈을 꾸고 있었을까? 오, 누마[15]여! 나는 그대가 굴속에서 처음 에게리아[16]를 보았을 때와 같은 감

15 Numa Pompilius, 로마의 전설적인 제2대 왕.
16 Egeria, 로마 신화의 물의 님프로 누마 폼필리우스의 후처가 되었다는 전설이 있다.

정을 느꼈다.

님프, 진짜 님프가 연못 한가운데 놀란 백조들 사이에서 장미 같은 속살을 맑은 물에 담그고 있었다. 물거품에 감싸인 둔부는 나뭇잎 사이로 언뜻 비치는 희미한 햇빛에 때로는 황금색을 띠었다. 아! 나는 백합, 장미, 눈[雪], 황금을 보았다. 생명과 육신을 갖춘 이상을 보았다. 물을 가르며 자아내는 낭랑한 물거품 사이로 익살스럽고 조화로운 웃음소리 같은 것을 들었다. 내 피를 뜨겁게 달구는.

별안간 그 환영 같은 존재가 도망쳤다. 파도에 휩싸인 키테레이아[17]를 닮은 님프가 연못에서 나와 영롱한 물방울이 떨어지는 머릿결을 수습하면서 장미 덤불 사이를 내달리고, 라일락과 오랑캐꽃들이 핀 곳을 지나, 우거진 숲으로 들어가더니, 마침내 모퉁이를 돌아 시야에서 사라졌다. 서정시인인 나, 우롱당한 목신(牧神)인 나는 그 자리에 우두커니 남아, 마치 나를 비웃는 듯한 커다란 백조들, 윤기 흐르는 마노(瑪瑙)색 부리로 나를 향해 긴 목을 내밀고 있는 설화석고상 같은 백조들만 바라볼 뿐이었다.

17 미와 사랑의 여신 아프로디테의 별칭. '아프로디테'가 '거품에서 나온 여인'이라는 뜻이다. 파도 치는 바닷가에서 태어났다는 이야기도 있다.

*

그 후 지난밤에 모였던 친구들과 함께 점심식사를 했다. 미래의 학술원 회원, 그 뚱뚱한 학자도 냅킨을 목에 두른 채 커다란 질은 넥타이를 매고 의기양양하게 있었다.

모두들 살롱에 있던 프레미에의 마지막 작품에 대하여 이야기하고 있었는데, 별안간 레스비아가 특유의 명랑한 파리지앵 목소리로 외쳤다.

"타르타 랭투로 말하면, 테![18] 시인이 님프를 보았어요!"

다들 놀라서 레스비아를 쳐다보았다. 그 여인은 고양이처럼 나를 쳐다보더니 누군가가 간지럼 태운 여자아이처럼 웃었다.

18 타르타랭은 알퐁스 도데의 소설 『타라스콩의 타르타랭』(*Tartarin de Tarascon*, 1872)의 주인공이고, '테'(té)는 타르타랭이 놀랄 때 쓰는 감탄사로 '저런', '아아' 정도의 뜻을 지니고 있다.

화물

저 멀리, 마치 푸른 연필로 바다와 하늘을 갈라놓은 듯이 그려 놓은 선으로 태양이 가라앉고 있었다. 불에 달군 커다란 강철 원반처럼 황금 가루와 자줏빛 불꽃 회오리바람을 일으키면서. 세관 부두는 점차 조용해졌다. 경비원들이 모자를 눈썹까지 푹 눌러쓰고 양끝을 오가며 여기저기 살펴보고 있었다. 크레인의 커다란 팔은 움직임을 멈추었고 날품팔이들은 집으로 향하고 있었다. 부두 밑에서 물이 두런거리고, 밤이 떠오르는 시간 먼바다에서 불어오는 습하고 소금기 먹은 바람에 연안의 작은 배들이 고개를 계속 까닥이고 있었다.

*

바지선 선원들은 이미 모두 떠났다. 아침에 짐수레에 술통을 싣다가 발을 다쳤는데도 쩔룩거리면서 하루 종일 일한 늙은 루카스 아저씨만 입에 파이프를 물고 돌에 걸터앉은 채 슬픈 얼굴로 바다를 바라보고 있었다.

"루카스 아저씨, 쉬고 계세요?"

"그래요, 도련님."

이렇게 그 정감 있고 편안한 대화가 시작되었다. 나는 육체 노동을 하는 거칠고 투박한 이들과 나누는 대화를 좋아한다. 건강과 근력을 주는 삶, 강낭콩과 포도원의 끓는 피를 자양분 삼는 삶을 영위하는 사람들과의 대화를.

나는 그 투박한 노인을 정답게 바라보면서 그의 이야기를 귀 기울여 들었다. 거칠게 산 사람들이 다 그렇듯 이야기가 끊어지곤 했지만 진솔한 마음을 지니고 있었다. 아, 그는 군인이었다! 젊었을 때 불네스[1] 휘하의! 아직도 너끈히 총을 들고 미라플로레스[2]까지 진군할 수 있는! 그는 결혼하여 아들이 하나 있었다. 그리고…

루카스 아저씨는 이렇게 말했다.

"그래요, 도련님. 그 애는 2년 전에 죽었어요!"

그때 회색빛의 짙은 눈썹 밑에 있는 그의 작고 빛나는 눈이

1 Manuel Bulnes(1799~1866), 칠레의 군인이자 정치가. 1841년에서 1851년까지 대통령을 연임했다.

2 Miraflores, 페루 수도 리마의 한 구역. 19세기 말에는 아직 시외였다. 칠레군은 페루-볼리비아 연합군과의 태평양전쟁(1879~1884) 때, 미라플로레스 전투에서 결정적인 승리를 거두고 리마를 함락시킨 바 있다.

촉촉해졌다.

"어떻게 죽었냐고요? 일을 하다가요. 우리 모두를 먹여 살리려고요. 제 아내를, 어린 동생들을, 저를 말입니다, 주인 나리. 그때 제가 아팠거든요."

그날 밤이 시작되었을 때, 그는 나에게 모든 이야기를 들려주었다. 파도는 안개로 덮이고 도시에는 불이 들어왔다. 그는 파이프 담배를 끈 뒤 검은 파이프를 귀에 걸치고, 발목까지 걷어붙인 더러운 바지를 입은 채 가늘지만 근육질의 다리를 뻗었다가 포갠 후에 돌을 의자 삼아 앉아 있었다.

*

아이는 대단히 정직하고 대단히 열심히 일했다. 애가 좀 크자 루카스 아저씨는 학교에 보내려고 하였다. 그러나 가난뱅이는 식구들이 형편없는 단칸방에서 배고파 울 때, 글을 배우면 안 되는 법!

루카스 아저씨는 결혼하였고 아이가 여럿 있었다.

그의 부인은 가난뱅이 여성들의 배에 내리는 저주를 받았다. 다산이라는 저주였다. 그래서 빵 찾는 입도, 쓰레기통을 뒤지는 더러운 아이도, 추위에 떠는 앙상한 몸의 아이도 많았다. 루카스 아저씨는 먹을 것을 가져가고 누더기라도 구해야 했고, 그래서 숨 돌릴 겨를도 없이 소처럼 일해야 했다. 아들이 자라자 아버지를 도왔다. 대장장이 이웃이 아들에게 기술을 가르쳐 주려 하였다. 그러나 그때 아이는 너무 약해서 거의 해골바가지였다. 풀무질을 하느라 헐떡대다 보니 병을 얻어서 쪽방(conventillo)으로 돌아왔다. 너무 많이 아팠다! 그러나 죽지 않았다. 죽지 않았다! 루카스 아저씨 가족은 그 인간 하치장 같은 곳에서 낡고 보기 흉한 네 벽에 둘러싸여 살고 있었다. 그 쪽방은 타락한 여인들의 골목길, 항상 악취 진동하고 가로등도 별로 없는 역겨운 골목길에 위치해 있었다. 그곳에서는 뚜쟁이들과 하프와 아코디언의 시끄러운 소리, 긴 항해 중에 발악하며 정절을 지켜야 했던 선원들이 사창가로 찾아와 고주망태처럼 취하고 악귀에 씐 사람들처럼 고함치고 발길질해 대는 소리가 끊임없이 울려 퍼졌다. 그렇다! 아이는 그 악취 속에서, 풍악이 울리는 축제의 소란함 속에서 살아남았고, 곧 건강을 되찾아 다시 일어섰다.

이윽고 15세가 되었다.

*

루카스 아저씨는 천신만고 끝에 목선 하나를 사서 어부가 되었다.

동이 틀 무렵이면 어로 도구를 싣고 아이와 함께 바다로 나갔다. 한 사람은 노를 젓고 또 한 사람은 낚싯바늘에 미끼를 달았다. 잡은 고기를 판다는 부푼 희망을 안고 찬바람과 뿌연

안개 속에서 해변으로 돌아왔다. 트리스테[3]를 낮은 소리로 부르면서, 물거품을 일으키는 의기양양한 노를 저으면서.

물고기가 잘 팔리면, 오후에 또 한 차례 바다로 나갔다.

겨울 어느 날 오후, 풍랑이 일었다. 아버지와 아들은 바다로 나섰다가 조그마한 배 안에서 파도와 바람의 광기에 시달렸다. 육지에 도달하기가 어려웠다. 잡은 고기를 비롯해 모든 것이 물속에 처박혔고, 곤경에서 빠져나올 궁리만 하였다. 해변에 이르려고 필사적으로 투쟁하였다. 해변 가까이 접근했는데 망할 놈의 돌풍이 그들을 바위로 밀어붙였다. 배는 산산조각 나고 말았다. 그들은 타박상만 입고 빠져나올 수 있었다. 루카스 아저씨의 말마따나 신의 가호로! 그 후 두 사람은 바지선 선원이 되었다.

*

그렇다! 바지선 선원이었다. 검은색의 납작하고 큼지막한 배 위에서 쇳덩어리 뱀 같은 크레인에 매달려 삐걱대는 사슬, 교수대를 방불케 하는 사슬과 씨름했다. 바지선 위에 서서 박자에 맞추어 노를 저으면서 부두와 증기선 사이를 오갔다. 무거운 화물을 밀어 강력한 갈고리에 걸 때마다 영차 하고 소리 질

3 triste, 민초들의 노래 장르로 처량한 노래들이 주를 이루었다. 'triste'가 '슬픈'이라는 뜻이다.

렸다. 갈고리에 매달린 화물은 시계추처럼 흔들리며 위로 올라갔다. 그렇다! 바지선 선원이었다. 노인과 소년, 아버지와 아들 두 사람이 일당을 버느라 같은 북을 끼고 앉아 용을 쓰는 꼴이었다. 자신들을 위해, 그리고 쪽방의 사랑하는 거머리들을 위해.

그들은 매일같이 일하러 갔다. 낡은 옷을 입고, 허리에 붉은 띠를 두르고, 작업이 시작되면 배 한구석에 벗어던지는 조잡하고 무거운 구두를 신고 발자국 소리를 하나로 내면서. 짐을 지고 옮기고 부리는 작업이 시작되면 아버지는 신경을 곤두세웠다. "얘야, 머리 깨질라! 줄에 손 낄라! 정강이뼈 나갈라!" 자신의 방식으로, 늙은 노동자이자 정 많은 아버지의 무뚝뚝한 말씨로 아들을 가르치고 조련하고 이끌었다.

*

그러던 어느 날 루카스 아저씨는 침대에서 움직일 수 없었다. 관절염으로 뼈마디마다 붓고 쑤셨다.

아! 약도 사고 양식도 사야 했다. 그랬다.

"아들아, 일하러 가거라. 돈 벌어야지. 오늘은 토요일이야."

아들은 아침도 못 먹고 매일 하는 일을 혼자 하러 뛰어가다시피 했다.

황금 같은 태양이 떠올라 햇살 밝은 아름다운 날이었다. 부두에는 궤도차가 레일 위를 구르고, 도르래가 덜컹거리고, 쇠사슬끼리 부딪혔다. 현기증 나고 쇳소리 가득한, 부산스럽기 짝이 없는 작업장 풍경이었다. 도처에서 달가닥 소리, 나무와 선박 도구를 스치는 바람 소리가 났다.

루카스 아저씨의 아들은 부두의 크레인 아래에서 딴 선원들과 함께 부지런히 짐을 내리고 있었다. 화물을 잔뜩 실은 배를 비워야 했다. 때때로 끝에 갈고리가 달린 긴 쇠사슬이 도르래 바퀴를 타고 내려오면서 마트라카[4] 소리를 냈다. 젊은 일꾼들은 밧줄로 짐을 두 겹으로 묶어 갈고리에 걸었다. 그러면 짐은 낚싯바늘에 걸린 물고기나 측심기에 달린 납처럼 올라갔다. 때로는 얌전히, 때로는 마치 허공에서 대롱대는 추처럼 좌우로 흔들거리면서.

짐은 겹겹이 쌓여 있었다. 화물을 잔뜩 실은 선박은 때로 파도 때문에 천천히 움직였다. 화물은 배 한가운데에 마치 피라미드 모습으로 쌓여 있었다. 대단히, 대단히 무거운 화물이 하나 있었다. 제일 크고 넓고 두껍고 콜타르 냄새가 났다. 맨 밑바닥에 실려 있던 화물이었다. 사람이 그 위에 서 있으면 육중한 받침 위에 놓아둔 작은 조각상 같았다.

여느 수입품들처럼 캔버스 천을 덮어 쇠줄로 묶어 놓았다. 화물 옆면에는 검은색 선과 삼각형들이 그려져 있고, 그 안에

4 matraca, 긴 나무통 사이에 파진 홈을 따라 손잡이를 움직여서 드르륵 소리를 내는 도구.

써 놓은 글자들은 마치 사람 눈동자 같았다(루카스 아저씨는 '다이아몬드 서체'라고 불렀다). 쇠줄은 꺼끌꺼끌한 대못으로 고정되어 있었다. 안에는 괴물이 들어 있을 것 같았다. 아니면 적어도 아마포와 옥양목이.

*

그 화물만 남았다.

"짐승 같은 놈 간다!" 선원 하나가 말했다.

"배불뚝이야!" 딴 선원이 덧붙여 말했다.

루카스 아저씨의 아들은 일을 어서 끝내고 싶어 안달이었다. 체크무늬 스카프를 목에 두르고, 일당을 받아 아침을 먹으러 갈 채비가 되어 있었다.

쇠사슬이 공중에서 춤추며 내려왔다. 선원들이 밧줄로 화물을 크게 둘러 묶은 뒤 안전한지 확인하고 소리 질렀다. "올려!" 쇠사슬이 끽끽 소리를 내며 짐 덩이를 공중으로 들어 올렸다.

선원들은 엄청나게 무거운 짐이 올라가는 것을 서서 바라보며 땅에 내릴 준비를 했다. 그때 끔찍한 장면을 보았다. 화물, 그 육중한 화물이 마치 개가 헐거운 목줄 벗어던지듯 매듭에서 빠져나왔다. 그리고 루카스 아저씨 아들 위로 떨어졌다. 그는 바지선 가장자리와 거대한 짐 덩어리 사이에 끼어 하복부가 짓이겨지고 척추가 튕겨 나온 채 입으로 검은 피를 쏟았다.

그날 루카스 아저씨 집에는 빵도 약도 없었다. 으스러진 아들만 있었을 뿐이다. 관절염 환자는 부인과 아이들이 소리소리 지르는 가운데 울면서 아이를 끌어안았다. 시신은 플라야안차 공동묘지로 운구되었다.

*

나는 늙은 선원과 작별하고 성큼성큼 부두를 떠나 집으로 향하는 길을 걸으면서 시인의 태평스러움을 한껏 발휘하여 생각에 잠겼다. 먼바다에서 불어오는 얼음처럼 차가운 바람이 코와 귀를 집요하게 꼬집었다.

맙 여왕의 베일

맙 여왕은 황금빛 흉갑을 입고 보석 날개를 한 딱정벌레 네 마리가 끄는 진주마차로 햇살을 타고 내려와 어느 다락방 창문 틈으로 들어갔다. 그곳에서는 여위고 수염이 더부룩하고 주제 넘은 네 남자가 박복하다 한탄하고 있었다.

그 시절은 요정들이 각자의 재능을 인간에게 이미 나누어 준 뒤였다. 어떤 이에게는 무거운 돈 궤짝을 금으로 채우는 신비로운 요술 막대를, 어떤 이에게는 타작하면 곡식 창고를 풍요롭게 할 경이로운 이삭을, 어떤 이에게는 어머니 대지가 품은 금과 보석들을 보게 해줄 안경을, 누구에게는 골리앗의 무성한 머릿결과 근육 그리고 달군 쇠를 두들길 거대한 망치를, 누구에게는 갈기를 휘날리며 바람을 가르고 달릴 준마에 적합한 강력한 발뒤꿈치와 민첩한 다리를.

다락방의 네 사람은 불평하고 있었다. 저마다 채석장, 무지개, 리듬, 푸른 하늘을 받는 행운을 누렸건만.

*

맙 여왕은 그들이 하는 말을 들었다. 첫번째 사람이 말했다. "꿈에 그리던 대리석 작품을 만들려고 위대한 투쟁을 하고 있는 중이야. 이미 대리석 덩어리를 캐냈고 끌도 있어. 다른 이들은 금이나 화음이나 빛을 한 가지씩 취했지만, 나는 하늘색 천장 아래에서 나신을 드러낼 새하얗고 신성한 비너스를 만들 생각이야. 대리석에 곡선미와 조형미를 부여할 것이고, 조각상 혈관에 신들의 무채색 피를 돌게 하겠어. 내 머리에는 그리스 정신이 박혀 있어서, 도망치는 님프와 양팔을 뻗는 목신의 나체상을 사랑하지. 오, 페이디아스여![1] 그대는 내게 영원한 아름다움의 경내에 있는 반신(半神)처럼 멋진 인물이자 존엄한 자이고, 그대의 눈에 근사한 키톤[2]을 집어던지며 장미 같고 백설 같은 황홀한 몸매를 드러내는 미의 군단을 마주한 제왕일지니. 그대가 대리석을 쪼고 자르고 다듬으면, 그 조화로운 작업 소리는 시처럼 울려 퍼지고 태양의 정인(情人) 매미는 누구의 발길도 닿지 않은 포도 넝쿨 속에 숨어서 그대에게 알랑대지. 그대에게 대리석은 금발의 눈부신 아폴로이고 엄격하

1 B.C. 5세기 고전기 전기의 숭고 양식을 대표하는 조각가.
2 그리스의 기본 복식으로 장방형의 천을 몸에 둘러 핀으로 고정시켜 입는 옷.

고 지고한 미네르바라네. 그대는 마치 마법사처럼 바위를 예술품으로, 코끼리 상아를 축배의 잔으로 바꾸지. 그대의 위대함을 보면, 나는 내 초라함에 고통을 받아. 내 영광의 세월이 지나갔기 때문이며, 오늘날의 시선들 앞에서 떨고 있기 때문이며, 거대한 이상과 소진된 힘을 마주하기 때문이며, 내리석에 끌질을 하면 할수록 낙담이 나를 엄습하기 때문이야."

*

또 다른 사람이 말했다. "오늘 붓을 꺾어야겠어. 무지개가 무슨 소용이고, 이 거대한 팔레트인 꽃이 만발한 들판이 무슨 소용이람. 내 그림이 결국 살롱에 받아들여지지 않는다면, 내 무엇을 할 수 있으랴! 나는 모든 유파, 모든 예술적 영감을 답파했어. 디아나 여신[3]의 몸통과 성모마리아의 얼굴도 그렸고. 평원에서 색채와 색조도 구했지. 빛을 마치 애인 대하듯 했고 연인처럼 안아 주었어. 나신의 장엄함, 그 살색 색조와 순간적인 발그레함의 예찬자였어. 화폭에 성인의 후광과 케루빔[4]의 날개를 그렸어. 아, 그러나 늘 끔찍한 환멸뿐이었어! 점심을 때우려고 클레오파트라를 2페세타에 파는 미래만 내게 남았어!

나의 내면에 잠재해 있는 위대한 그림을 영감에 몸을 떨며

3 로마 신화의 달의 여신. 그리스 신화의 아르테미스에 해당.
4 기독교에서 두번째로 높은 천사인데, 보통 아기 천사의 모습으로 묘사된다.

화폭에 옮길 수 있는 나이건만!…"

*

또 딴 사람이 말하였다. "교향곡을 만들겠다는 포부에 빠진 내 영혼이 온갖 환멸을 겪을까 두렵군. 나는 테르판드로스의 수금부터 바그너의 관현악 환상곡들에 이르기까지 모든 화음을 듣지. 나의 이상은 대담한 영감 속에서 빛나고. 내게는 별들의 연주를 들어 본 적 있는 철학자의 지각 능력이 있어. 모든 소리를 포착할 수 있고, 모든 메아리를 세밀하게 조합시킬 수 있지. 모두를 나의 반음계(半音階)에 담을 수 있다고.

진동하는 빛은 찬가가 되고, 밀림의 멜로디는 내 가슴속에서 메아리치지. 폭풍우 소리부터 새의 노래에 이르기까지 모든 것이 뒤섞이고 결합되어 무한한 선율을 이룬다고. 그런데 조롱하는 청중과 정신병원 감방만 희미하게 보일 뿐이니."

*

마지막 사람이 말했다. "우리 모두는 이오니아 샘물[5]의 맑은 물을 마시고 있지. 그러나 이상은 푸름 속에 떠 있어. 영혼들이 이상의 지고한 빛을 향유할 수 있도록 비상(飛上)이 필요하

5 이오니아 샘물은 그리스의 서정시인들을 가리키는 표현이다.

거든. 나에게는 꿀의 시, 황금의 시, 달군 쇠의 시가 있어. 나는 하늘 항수(香水)로 만든 항아리이고. 사랑이 있으니까. 너희들 비둘기, 별, 둥지, 백합은 내 거처를 알고 있다네. 내게는 마법의 날갯짓으로 허리케인마저 가르는 독수리 날개가 있어 아주 멀리 날 수 있지. 나는 포개지는 두 입술에서 적확한 자음을 찾아. 키스가 작열하면 나는 시를 쓰지. 그러면 그대들은 내 영혼을 보고 내 뮤즈에 대해 알게 되고. 나는 서사시를 사랑해. 영웅적 숨결이 솟아나, 창끝에서 펄럭이는 깃발과 투구 위에서 요동치는 장식 깃털을 뒤흔드니까. 서정시를 사랑해. 여신과 사랑에 대하여 말하니까. 목가시를 사랑해. 마편초와 백리향 냄새가 진동하고, 장미꽃 화관을 쓴 황소의 건강한 호흡이 느껴지지. 나는 뭔가 불후의 작품을 쓸 수 있을 거야. 그러나 빈곤과 굶주림이라는 미래가 나를 압도하는군….”

*

그러자 맙 여왕은 진주마차 안에서 거의 촉감이 없고, 한숨으로 짠 듯하고, 생각에 잠긴 금발 천사의 시선 같은 푸른 베일을 집어 들었다. 그것은 꿈으로 만든 베일, 장밋빛 인생을 보여 주는 달콤한 꿈으로 만든 베일이었다. 여왕은 여위고 수염이 더부룩하고 주제넘은 네 남자를 베일로 감싸 주었다. 그들의 슬픔이 가셨다. 허영심이라는 작은 악마와 함께 희망이 가슴에, 즐거운 태양이 머리에 침투하여, 깊은 환멸에 빠진 그

불쌍한 예술가들을 위로해 주었기 때문이다.

그때부터 푸른 꿈이 떠다니는 다락방, 그 뛰어나지만 불행한 이들의 다락방에서는 오로라 같은 미래를 생각하고, 슬픔을 가시게 하는 웃음소리가 들리고, 그들은 하얀 아폴로와 아름다운 풍경과 낡은 바이올린과 누르스름한 원고 주위에서 기이한 파랑돌[6]을 춘다.

6 frandole, 프랑스 프로방스 지방의 춤.

황금의 노래

그날 누추한 옷차림의 사람, 딱 거지 모습이지만 순례자나 시인일지도 모를 사람이 커다란 미루나무 가로수 그늘 아래를 지나 오닉스와 반암, 마노와 대리석이 자부심 경쟁을 하는 대저택들이 있는 큰 거리에 도착하였다. 죽어 가는 햇살이 높은 기둥과 아름다운 프리즈와 황금빛 돔들을 맥없이 쓰다듬었다.

부가 넘쳐나는 드넓은 건물들의 창문 유리창 뒤에 아름다운 여인들과 귀여운 아이들의 얼굴이 있었다. 쇠창살 울타리 뒤에는 넓은 정원이, 또 리듬 법칙을 따르는 듯 박자에 맞춰 부드럽게 흔들리는 장미와 나뭇가지들이 군데군데 있는 녹지대가 어렴풋이 보였다. 그리고 건물 내부의 살롱마다 금실 자수의 자줏빛 태피스트리, 하얀 동상, 중국산 청동, 푸른 들과 풍성한 논이 새겨진 식기, 동양의 황토 덕분에 두드러지는 후덕한 실크꽃 장식의 주름치마 같은 대형 커튼이 있을 것이다. 베네치아 거울, 자단, 삼나무, 자개, 흑단, 아름다운 치아 같은 건반을 드러내며 웃고 있는 검은 피아노도 있을 것이다. 또한 수정 샹들리에도 있어서 엄청난 수의 촛대 위에 귀족 같은 하얀 양초들이 우뚝 세워져 있을 것이다. 오! 그리고 그 너머, 그 너머에는 세월에 황금색으로 변한 귀중한 그림, 뒤랑[1] 혹은 보나[2]의 서명이 있는 초상화, 순수한 하늘에서 발현한 듯한 분홍색 색조가 아스라한 지평선에서 겸허하게 나풀거리는 풀밭에 이르기까지 감미로운 물결로 감싸고 있는 듯할 것이다. 그리고 그 너머에는…

*

(날이 저문다.
대저택 정문에 검은색과 붉은색으로 화려하게 번쩍이는 마차 한 대가 도착한다. 남녀 한 쌍이 내려 도도하게 저택으로 들어간다. 거지는 생각한다. '마침내 독수리 한 쌍이 자기 둥지로 들어가는군.' 소란스럽고 부산스러운 말이 채찍질 한 번에 마차를 끌고 가면서 포석에 번갯불을 일으켰다. 밤이다.)

1 Charles Durand(1838~1917), 프랑스 화가로 자본가들과 귀족들의 초상화를 많이 그렸다.
2 Léon Bonnat(1833~1922), 프랑스 화가로 문인들의 초상화나 종교화를 많이 그렸다.

*

그때 닳아빠진 모자 속에 감춰진 그 광인의 머리에 한 가지 생각이 싹텄다. 그 생각이 내려가 가슴을 짓누르더니, 찬미가가 되어 입에 도달해 혀를 달구고 치아를 달그락거리게 하였다. 그것은 모든 걸인, 모든 소외받는 사람, 모든 가련한 사람, 모든 자살자, 모든 주정뱅이, 모든 누추한 옷을 입은 사람, 모든 상처 입은 사람, 그리고 오, 하느님! 길고 긴 밤에 배를 채울 딱딱한 빵 한 쪼가리가 없어 어둠 속을 헤매고 나락으로 떨어지는 모든 살아 있는 사람의 환영이었다. 그는 보았다. 행복한 무리, 푹신한 침대, 트루파[3]와 끓어오르는 황금빛 포도주, 스치기만 해도 웃음이 절로 피는 비단과 물결무늬 직물을. 보석과 실크 레이스로 치장한 백인 신랑과 혼혈인 신부의 모습을. 운명의 신이 행복한 부호들의 목숨을 잴 때 사용하는 커다란 모래시계, 모래알 대신 금화가 떨어지는 모래시계를.

*

그 시인 족속이 미소를 지었다. 그러나 얼굴은 단테 분위기였다. 주머니에서 검은 빵을 꺼내어 먹고는 자신의 찬미가를 바

3 trufa, 초콜릿과 송로로 만든 과자의 일종.

람에 실어 보냈다. 빵을 물어뜯은 다음에 부른 그 노래만큼 더 잔인한 것은 없다.

*

황금을 노래하자!

황금을 노래하자. 잘게 부순 태양 조각처럼 가는 곳마다 행복과 빛을 가져다주는 이 세상의 왕 황금을.

황금을 노래하자. 어머니 대지의 비옥한 복부에서 태어나고, 그 거대한 자궁의 어마어마한 보석이자 금빛 젖인 황금을.

황금을 노래하자. 그 경이로운 물결에서 목욕하는 이들은 젊고 아름다워지고 이를 누리지 못하는 이들은 늙어 가는 풍부한 수량의 강이자 생명의 원천인 황금을.

황금을 노래하자. 교황의 삼중관과 국왕의 왕관과 제국의 홀을 만드는 황금을. 고체 불덩이처럼 망토를 흘러내려 대주교의 법의에 범람하고, 제단에서 빛나고, 번쩍거리는 성체현시대(聖體顯示臺)에서 영원한 신을 떠받치는 황금을.

황금을 노래하자. 우리가 타락할 때 술집의 천박한 광기와 부정(不貞)한 침실의 수치를 은폐해 줄 황금을.

황금을 노래하자. 카이사르의 도도한 옆얼굴을 새기고 금화 주형에서 튀어나와 대사원의 궤짝과 은행 금고를 가득 채우고, 기계를 돌리고 생명을 주며 특권층의 비곗살을 살찌우는 황금을.

황금을 노래하자. 대저택과 마차, 유행하는 의상, 아름다운 여인들의 싱싱한 가슴, 영원히 미소 짓는 입술을 제공하는 황금을.

황금을 노래하자. 일용할 양식의 아버지인 황금을.

황금을 노래하자. 아름다운 귀부인의 귀에서 물방울 다이아몬드를 지탱하고, 가슴에서 심장박동을 느끼고, 손에서는 이따금 사랑의 상징이자 고귀한 약속의 상징인 황금을.

황금을 노래하자. 우리를 욕하는 입을 닥치게 하고, 우리를 위협하는 손을 저지하며, 우리를 모시는 악당들의 눈을 가리는 황금을.

황금을 노래하자. 음악 같은 매혹적인 목소리를 지니고 있는 황금을. 호메로스의 영웅 갑옷에서, 여신의 샌들과 비극적인 편상(編上) 반장화에서, 헤스페리데스 정원의 사과처럼 영웅적으로 빛나는 황금을.[4]

황금을 노래하자. 커다란 수금의 줄이고, 다정하기 짝이 없는 연인의 머릿결이고, 이삭에 팬 낟알이고, 아침에 일어나 입는 도도한 여명인 황금을.

황금을 노래하자. 노동자를 위한 상이자 영예이며 도적들의 양식인 황금을.

4 '헤스페리데스'는 '저녁의 아가씨들'이라는 뜻으로 그리스 신화에서 황금사과가 열리는 나무를 지키는 밤의 여신 혹은 님프들이다.

황금을 노래하자. 종이와 은과 구리와 심지어 납으로 변장하고 온 세계 카니발을 돌아다니는 황금을.

황금을 노래하자. 죽음처럼 누르죽죽한 황금을.

황금을 노래하자. 배고픈 사람들은 비열하다 여기지만, 석탄의 형제요, 다이아몬드를 부화시키는 검은 황금이요, 인간이 투쟁하고 바위가 부서지는 광산의 왕이고, 핏빛으로 물드는 서녘의 강자이고, 우상의 살결이요, 페이디아스가 미네르바의 옷을 만드는 직물인 황금을.

황금을 노래하자. 마구에, 전차에, 칼 손잡이에, 빛나는 머리에 씌운 월계수에, 디오니소스 축제의 술잔에, 여자 노예의 가슴에 상처를 입히는 핀에, 별빛에, 황옥이 용해될 때처럼 거품을 내는 샴페인에 깃든 황금을.

황금을 노래하자. 우리를 친절하고 교양 있고 품위 있게 만드는 황금을.

황금을 노래하자. 모든 우정의 시금석인 황금을.

황금을 노래하자. 시련으로 정화된 사람처럼 불로 정화된 황금을, 시기심이 갉아먹은 사람처럼 줄로 갉은 황금을, 필요가 두들겨 만든 사람처럼 망치가 두들겨 만든 황금을, 대리석 대저택 덕분에 돋보이는 사람처럼 비단 상자 덕분에 돋보이는 황금을.

황금을 노래하자. 히에로니무스가 멸시하고, 안토니우스가 집어던지고, 마카리우스가 무시하고, 힐라리우스가 굴욕을 안기고, 초라한 동굴을 왕궁으로 삼고 한밤의 별과 새벽녘 새들과 황야의 야수를 벗 삼던 파울로스가 저주한 노예인 황금을.[5]

황금을 노래하자. 송아지신(神)이고, 바위의 골수이고, 내면은 신비로우며 말이 없으나 해가 높이 뜨고 모든 생명이 깨어나면 마치 팀파니의 합창처럼 소란스럽고, 별들의 태아이고 빛의 침전물이고 창공의 화신인 태양을.

황금을 노래하자. 태양이 된 황금을, 어마어마한 액수의 파운드화와 마지막 키스를 한 후 빛나는 별들의 물을 뿌린 크레이프 셔츠를 입은 밤을 애모하게 된 황금을.

아! 가련한 사람들, 술주정뱅이, 장엄한 가난뱅이, 창녀, 거지, 유랑자, 소매치기, 도둑, 동냥아치, 순례자, 그리고 너희들 추방자, 너희들 게으름뱅이, 특히 너희들 시인!

우리도 합류하자! 행복한 이들, 권력자들, 은행가들, 지상의 반신(半神)들에게!

황금을 노래하자!

*

메아리가 그 찬미가를 앗아갔다. 신음, 디티람보스, 가가대소가 한데 섞인 그 찬미가를. 이미 칠흑 같고 추운 밤이 되었고,

5 언급된 인물들은 초기 기독교 시대의 성인들이다.

메아리는 암흑 속에서 울려 퍼졌다.

한 노파가 지나가다가 구걸을 했다.

그러자 누추한 옷차림을 한 그 족속, 딱 거지 모습이지만 순례자나 시인일지도 모를 사람은 노파에게 돌덩이 같은 자신의 마지막 빵을 건넸다. 그리고 나지막하게 투덜거리면서 끔찍한 어두움 속으로 가 버렸다.

루비

"아! 틀림없어! 그 파리의 현자는 자신의 증류기 바닥에서, 플라스크 바닥에서 내 궁전 벽에 박혀 있는 자줏빛 수정체 추출에 성공한 거야!" 이 말을 할 때, 꼬마 땅속 정령은 거처로 사용하는 깊은 굴속을 이리저리 총총거리며 오갔다. 긴 수염이 부들부들 떨리고 뾰족한 파란 모자에 달린 방울이 울렸다.

실제로 거의 알토타스[1]처럼 백 살이나 된 슈브뢸[2]의 친구인 화학자 프레미[3]가 루비와 사파이어 만드는 법을 막 발견했다.

박식하고 팔팔한 땅속 정령은 깊은 충격을 받고 흥분해서

1 Althotas, 18세기의 그리스인 연금술사. 이탈리아의 연금술사이자 희대의 사기꾼 알레산드로 디 칼리오스트로(Alessandro di Cagliostro, 1743~1795)가 창조한 가상의 인물이라는 설도 있다.

2 Michel Eugène Chevreul(1786~1889), 프랑스의 화학자이자 색채 이론가.

3 Edmond Frémy(1814~1894), 프랑스의 화학자.

계속 혼잣말을 했다.

"아, 중세의 현자들이여! 아, 위대한 알베르투스,[4] 아베로에스,[5] 라몬 율[6]이여! 당신들도 위대한 태양인 현자의 돌이 빛나는 것은 결코 보지 못했습니다. 그런데 아리스토텔레스의 공식을 공부한 적도 없고 카발라와 강신술도 알지 못하는 19세기의 인간이 우리가 땅 밑에서 만들던 것을 대명천지에서 만들어 냈습니다! 이건 주문을 외운 거야! 규산염과 알루민산염을 스무날을 융합시키고, 중크롬산염이나 산화코발트로 착색시켰다니. 사실 악마의 말 같은 용어들이잖은가!"

웃음.

이윽고 땅속 정령은 멈춰 섰다.

*

범죄의 몸통이 그곳에 있었다. 굴속 한가운데 커다란 황금바위 위에 햇살을 받은 석류알처럼 작고 둥글고 다소 반짝이는 루비가 있었다.

땅속 정령이 허리춤에 차고 있던 뿔나팔을 불자, 넓은 굴 속

4 Albertus Magnus(1193?~1280), 독일의 스콜라 철학자.

5 Averroes(1126~1198), 스페인인들과 아랍인들이 이베리아반도에서 공존하던 시절 이슬람 세계의 아리스토텔레스라고 불리었으며, 유럽 계몽주의에 중요한 영향을 끼쳤다.

6 Ramón Llull(1232?~1315?), 지중해 마요르카 왕국 출신의 철학자, 시인, 신학자.

에 메아리가 울려 퍼졌다. 이내 모든 땅속 정령이 우르르 몰려와 떠들썩해졌다.

널찍한 굴이었고, 묘하게 하얗고 밝았다. 바위 천장에 상감되어 박혀서 우글대는 탄저균이 다각도로 조명 효과를 내며 번쩍이고 있었기 때문이다. 감미로운 불빛이 모든 것을 환하게 비추었다.

그 광채 속에서 아름다운 저택이 그 화려한 모습을 과시하고 있었다. 벽에는 청금석 광맥 사이로 금은 조각들이 박혀 있었고, 그 위로 수많은 보석이 이슬람 사원의 아라베스크 같은 묘한 문양을 형성했다. 물방울처럼 하얗고 깨끗한 다이아몬드 결정체에서는 무지개가 피어났다. 종유석 모양의 마노 옆에서 에메랄드가 초록색 광채를 내뿜었고, 석영에 매달린 꽃다발인 양 기묘한 모습으로 겹겹이 쌓여 있는 사파이어는 너울거리는 커다란 푸른 꽃을 닮았다.

황금색 황옥과 자수정은 굴 내부를 띠처럼 두르고 있었다. 윤기 나는 녹옥수와 마노 위에 오팔이 한가득한 바닥에서는 곳곳에서 물줄기가 솟아나와 감미로운 음악처럼 화음을 이루면서 방울방울 흘러내리며 아주 가볍게 부는 금속피리 소리를 냈다.

퍽[7]이 관여된 사안이었다. 장난꾸러기 퍽이! 그가 범죄의 몸통을 가지고 왔다. 황금바위 위에 있는 그 모조 루비를. 반짝이는 그 모든 매혹에 대한 일종의 불경스런 물건을.

누구는 양손에 망치와 짧은 도끼를 들고, 또 누구는 멋진 정장을 입고 보석이 주렁주렁 달린 화려한 붉은 모자를 쓰고 모든 땅속 정령들이 무슨 일인가 싶어 전부 모였을 때, 퍽은 이렇게 말했다.

"너희들이 나더러 인간이 만든 새로운 모조품 견본을 갖다 달라 해서, 소원대로 했어."

웅크리고 앉아 있던 요정들은 자기 콧수염을 당겼다. 그리고 머리를 천천히 숙여 감사를 표했다. 퍽과 제일 가까이 있던 정령들은 놀라는 표정을 지으면서 힙시필레[8]의 것과 비슷한 아름다운 날개를 살펴보았다.

퍽은 계속 말했다.

"오, 대지여! 오, 여인이여! 티타니아[9]를 보았을 때부터 나는 이 여인의 노예가 되었다, 저 여인의 거의 신비주의적 숭배자가 되었다 했지."

그러고는 쾌락의 꿈을 꾸듯 이렇게 말했다.

"아, 저 루비들! 대도시 파리를 남몰래 날아다닐 때 도처에서 보았어. 궁정 귀부인의 목걸이에서, 벼락부자의 이국적인 훈장에서, 이탈리아 왕자의 반지에서, 프리마돈나의 팔찌에서

7 Puck, 중세 영국 민담에 나오는 장난꾸러기 정령.

8 그리스 신화의 공주.

9 Titania, 셰익스피어의 연극 『한여름 밤의 꿈』에 나오는 요정 나라의 여왕.

빛나고 있었어."

그리고 여느 때처럼 장난꾸러기 미소를 머금고 말했다.

"나는 한창 유행 중인 분홍색 장에 슬며시 들어갔어…. 그 방에는 잠이 든 아름다운 여인이 있었고. 나는 그녀의 목에 걸려 있던 큰 메달을 끌러서, 그 메달에서 루비를 떼어 냈어. 바로 여기 있는 것을."

모두 폭소를 터뜨렸다. 엄청 큰 소리로!

"아, 이 친구 퍽!"

이윽고 땅속 정령들은 인간의 작품인 혹은 현자의 작품인 그 모조 보석에 대하여 의견을 냈다. 후자라면 더 안 좋은 상황이다!

"유리!"

"저주!"

"독약과 카발라!"

"화학제품!"

"무지개 한 토막을 모조하려 했던 의도!"

"지구 속 깊은 곳의 붉은 보배!"

"응고된 서녘 햇살로 만든 것!"

다리가 구부정하고, 허연 수염이 더부룩하게 나고, 얼굴에 주름이 건포도처럼 자글자글한 족장 모습의 최고령 땅속 정령이 말했다.

"여러분, 모르는 소리들 마시오!"

모두들 귀를 기울였다.

"가장 나이가 많아 이제 거의 다이아몬드도 다듬지 못하고, 이 깊은 곳의 성채들이 만들어지는 것을 보고, 대지의 뼈에 끌질을 하고, 금을 반죽하고, 하루는 석벽에 주먹질을 해서 호수로 떨어져 님프를 능욕한 적이 있는 내가, 바로 이 늙은이가 루비가 어떻게 만들어졌는지 이야기해주겠소. 들으시오."

*

퍽은 호기심에 미소를 지었다. 모든 땅속 정령들이 노인을 에워쌌다. 노인의 백발이 보석들의 광채를 무색하게 했으며, 노인 손의 그림자는 마치 꿀을 잔뜩 바른 화폭에 쌀알을 던져 놓은 듯이 귀금속으로 덮여 있는 벽까지 뻗어 있었다.

"다이아몬드 광산을 맡고 있던 우리 조는 어느 날 파업을 벌여 지하세상을 온통 혼란에 빠뜨리고 분화구들을 통해 도망쳤다오.

세상은 흥겨워서 온통 활기와 젊음이 넘쳤소이다. 장미, 싱그러운 초록색 잎사귀, 난알을 삼키고 짹짹대는 새, 들판 전체가 태양과 향기로운 봄에게 인사하고 있었소.

새들의 지저귐과 벌떼가 한가득인 조화롭고 꽃이 만발한 동산이 있었소. 빛을 예찬하는 성대하고 성스러운 결혼식 같았다오. 나무마다 수액이 깊은 곳에서 끓고, 온갖 동물이 포효하고 우짖고 노래하고, 땅속 정령들은 웃고 즐겼다오.

나는 휴화산 분화구를 통해 나왔소. 내 눈앞에 드넓은 들판이 펼쳐져 있었소. 훌쩍 뛰어올라 아름드리 늙은 떡갈나무 위에 안착했소. 이윽고 몸통을 타고 내려왔더니 작은 개울 옆이었소. 수정처럼 맑은 물소리로 재잘재잘 농담을 나누는 개울이었다오. 나는 목이 말랐소. 그곳에서 물을 마시고자 했는데… 이제 더 똑똑히 들으시오.

팔뚝, 등, 벌거벗은 가슴, 수선화, 장미, 앵두를 얹어 놓은 동그란 상아색 빵, 흥겨운 황금빛 웃음소리! 그곳에는 초록의 나뭇가지 아래 물거품 사이에, 갈라진 물 사이에….”

“님프들이었나요?”

“아니오. 인간 여자들이었소.”

“나는 어디가 우리 동굴인지 알고 있었소. 땅바닥을 발로 한 번 구르면 검은 모래가 갈라져 내 영역으로 갈 수 있었소. 안쓰러운 땅속 정령이여, 여러분 젊은이들은 배워야 할 것이 많다오!

나는 새로 난 고사리 아래를 지나, 물거품을 일으키면서 재잘거리는 개울물이 언뜻 씻고 간 바위 위로 잠입했다오. 그리고 그때는 근육질이었던 이 팔로 그녀, 아름다운 그이, 그 여인의 허리를 덥석 안았소. 여인은 비명을 질렀고, 나는 땅바닥을 발로 굴렀고, 우리는 함께 땅 밑으로 꺼졌다오. 지상에는 놀라움이, 지하에는 승리를 거두어 우쭐대는 땅속 정령이 남았소.

하루는 별처럼 빛나는 커다란 다이아몬드 조각을 다듬고 있었는데 망치를 잘못 내리치는 바람에 부서져 버렸다오.

내 작업실 바닥은 태양이 산산조각 난 형국이었소. 사랑하는 여인은 한쪽에서 쉬고 있었소. 사파이어 화분들 사이의 인간 장미, 수정바위 침대 위의 황금 여제(女帝) 같았고, 여신처럼 광채를 발하는 나신으로 있었소.

그러나 나의 여왕, 나의 사랑, 나의 미인은 내 영역 안에서 나를 속이고 있었다오. 남자가 진정으로 사랑을 하면, 그의 정열은 모든 것을 파고들고 땅속까지도 뚫고 들어올 수 있는 법이오.

그 여인은 사랑하는 남자가 있었고, 자신의 감옥에서 한숨소리를 그에게 계속 보냈다오. 그 한숨은 지표면에 난 구멍들을 통해 그에게 이르렀소. 그 또한 여인을 사랑하여 정원의 장미들에게 계속 키스했고, 내가 알아챈 바로는 여인은 그럴 때마다 돌연 몸을 떨면서 장미 꽃잎처럼 신선한 분홍빛 입술을 내밀었소. 두 사람이 어떻게 그리 서로 느낄 수 있었을까? 나 같은 이야 알 도리가 없소."

*

"그날, 일을 마친 뒤였소. 하루 만에 많은 다이아몬드를 만들어 냈다오. 대지가 갈증 난 입술처럼 화강암 틈새를 벌렸소.

마치 아름다운 수정의 빛나는 조각을 고대하듯이. 나는 마무리 작업으로 바위에 망치질을 하다가 피곤에 겨워 그만 잠이 들었소.

조금 후에 신음소리 같은 것을 듣고는 잠을 깼다오.

동양 모든 여왕들의 궁전보다 더 빛나고 부유한 궁전의 침상에서 내가 사랑하는 여인, 내가 훔친 여인이 날아올라 필사적으로 도망치고 있었소. 아아! 내 화강암 망치가 열어 놓은 구멍을 통해 아름다운 나신 그대로 도망하려던 그 여인의 오렌지꽃 같고 대리석 같고 장미 같은 하얗고 부드러운 몸이 다이아몬드 절단면에 부딪혔소. 옆구리에 상처를 입어 피를 줄줄 흘렸고, 처절한 비명소리를 내며 눈물까지 흘렸소. 아, 그 고통스러워 하는 모습이란!

나는 잠에서 깨어나 여인을 두 팔로 안고 뜨거운 키스를 퍼부었소. 그러나 피는 넘쳐흐르고 커다란 다이아몬드 덩어리는 선홍색으로 물들었소.

키스를 했을 때 그 뜨거운 입에서 향수 냄새가 나는 듯했소. 그리고 그녀의 영혼도 몸도 축 늘어졌다오."

우리의 위대한 족장, 땅속의 백세의 반신(半神)이 그곳을 지나갔을 때 저 수많은 붉은 다이아몬드들을 발견하였다….

*

침묵이 흘렀다.

"그대들은 이해했는가?"

땅속 정령들은 아주 무거운 마음으로 일어났다. 그들은 현자의 작품인 모조 보석을 더 가까이에서 살펴보았다.

"이것 좀 봐. 보석 단면들이 없어!"

"빛은 나는데 생기가 없어."

"사기(詐欺)야!"

"풍뎅이 등껍질처럼 둥글어!"

그러고는 누구는 이쪽으로 누구는 저쪽으로 차례차례 아라베스크 벽으로 다가가더니, 오렌지처럼 크고 피로 생성된 다이아몬드처럼 붉고 번쩍이는 커다란 루비들을 떼어 냈다. 그리고 말했다. "여기 있어! 우리 루비가 여기 있어. 아, 어머니 대지여!"

그것은 광채와 색채의 난장판이었다.

그들은 번쩍이는 큰 돌들을 하늘로 던지면서 웃었다.

별안간 한 땅속 정령이 위엄 있게 말했다.

"좋아! 경멸해야 해."

모두 그 말을 이해하였다. 그들은 모조 루비를 집어 박살을 낸 다음, 그 파편들을 엄청나게 멸시하면서, 옛날 옛적에 탄화된 밀림과 아래쪽으로 연결된 구멍에 집어던졌다.

그러고는 자신들의 루비 위에서, 자신들의 오팔 위에서, 빛나는 그 벽들 사이에서 손에 손을 잡고 광란의 요란한 파랑돌을 추기 시작하였다.

그리고 자신들의 키보다 더 커 보이는 그림자들을 보고 웃음을 터뜨렸다!

*

펵은 갓 시작된 여명의 술렁거림 속에서 꽃피는 초원을 향해 이미 바깥을 날고 있었다. 그리고 언제나처럼 발그레한 미소를 머금고 중얼거렸다. "대지… 여인… 오, 어머니 대지여! 당신은 위대하고 비옥합니다. 소멸되지 않는 신성한 가슴을 지니고 있습니다. 갈색의 배에서 나무 몸통을 적시는 수액이, 황금이, 다이아몬드처럼 영롱한 물이, 지체 높은 붓꽃이 솟아납니다. 순수하고 강력하고 모조할 수 없습니다! 당신은 여인입니다! 그래서 당신은 영혼도 육신도 모두 사랑스럽나이다!"

태양의 궁전

이 이야기, 복숭아나무 꽃가지처럼 싱그럽고 여명처럼 빛나고 푸른 이야기 속 공주처럼 어여쁜 올리브색 눈의 소녀 베르타 이야기는 빈혈증 소녀의 어머니인 여러분들을 위한 것이오.

건강하고 존경스러운 부인들이여, 청순하고 아름다운 볼에 화색이 돌게 하려면 비소와 철분보다 더 좋은 것이 있다오. 여러분의 귀여운 새들에게 새장 문을 열어 주어야 합니다. 특히 봄이 오고, 혈관이 뜨거워지고 활력이 돌고, 수많은 태양의 미립자가 마치 살포시 핀 장미꽃 위의 황금색 벌떼처럼 정원에서 윙윙거리고 있을 때에는.

*

베르타는 열다섯 살이 되자 우울해지기 시작했다. 그녀의 반짝이던 눈이 우수에 찬 다크서클로 둘러싸였다.

"베르타, 너를 위해 인형 두 개를 샀어…."

"싫어요, 엄마…."

"「야상곡」을 가져 오게 했는데…."

"손가락이 아픈 걸요, 엄마…."

"그러면…."

"우울해요, 엄마…."

"의사를 부르자꾸나.."

거북이 안경, 검은색 장갑, 고명한 대머리, 더블 프록코트가 왔다.

당연한 일이었다. 한창 성장기 나이에는… 명백한 징후들이 있다. 식욕 부진, 가슴을 짓누르는 그 무엇, 슬픔, 때때로 머리를 찌르는 듯한 고통, 두근거림… 여러분도 잘 알 것이다. 아이에게 아비산을 처방하고 샤워를 시키면 된다. 치료법으로!…

아비산과 샤워로 베르타의 우울증이 치료되기 시작했다. 봄이 시작되었을 때 올리브색 눈의 소녀 베르타는 복숭아나무 꽃가지처럼 싱그럽고 여명처럼 빛나고 푸른 이야기 속 공주처럼 어여뻐졌다.

*

그럼에도 불구하고 다크서클은 그대로고 슬픔은 계속되었다. 그리고 어느 날 근사한 상아처럼 창백해진 베르타는 죽음의 문턱까지 갔다. 그 대저택에서는 모든 사람이 소녀 때문에 울었고, 고지식하고 감상적인 어머니는 젊은 처자용 종려나무 백색 관을 생각했다. 어느 날 아침, 빈혈로 기력을 잃은 소녀, 언제나처럼 우울하고 모호한 무력감에 빠져 있던 소녀가 여명이 웃음 짓는 시각에 정원으로 내려왔다. 한숨을 지으며 정처없이 여기저기 거닐었고, 그녀를 본 꽃들은 슬퍼했다. 베르타는 플라사[1]가 조각한 도도하고 늠름한 목신상 기단에 몸을 기댔다. 목신의 대리석 머릿결은 이슬에 젖어 있었고 근사한 알몸 상반신은 햇살로 목욕하고 있었다. 그녀는 하얀 꽃받침의 청순함을 푸른 하늘에 과시하는 백합을 보고 손을 뻗어 꺾으려 했다. 건드리자마자… 그렇다. 부인네들이여, 요정 이야기이다. 그러나 여러분은 이 이야기가 사랑하는 우리 현실에 어떻게 연결되는지 보게 될 것이다. 베르타가 꽃받침을 건드리자마자, 별안간 요정이 나타났다. 아주 작은 금마차를 타고, 미세하고 더없이 반짝이는 실로 짠 옷을 입고, 이슬로 단장하고, 진주관을 쓰고, 작은 은지팡이를 들고서.

베르타가 겁을 먹었을까? 전혀 아니었다. 즐겁게 손뼉을 치고 마법에 걸린 듯 기운을 되찾았다. 그리고 요정에게 말했다.

"네가 바로 꿈에서 나를 그토록 좋아해 준 요정이지?"

1 Nicanor Plaza(1844~1918), 칠레의 조각가로 프랑스와 이탈리아에서도 활동했다.

"올라타." 요정이 말했다. 베르타는 마치 몸이 작아지기라도 한 듯 조가비 금마차에 탔다. 물 위에 떠 있는 백조의 접은 날개 위에 앉은 듯 편했다. 꽃, 도도한 목신, 한낮의 빛이 목격했다. 복숭아나무 꽃가지처럼 싱그럽고 여명처럼 빛나고 푸른 이야기 속 공주처럼 어여쁜 올리브색 눈의 소녀 베르타가 요정의 마차를 타고 태양을 향해 잔잔한 미소를 지으며 바람을 가르고 가는 것을.

*

요정의 마차가 멈춰 서자 베르타는 정원의 에메랄드색 계단을 따라 살롱으로 올라갔다. 엄마, 사촌자매, 하인들 모두가 입이 딱 벌어졌다. 얼굴에는 발그레하게 화색이 돌고, 가슴은 봉긋하고, 밤색 머릿결은 자유분방하게 흐트러져 얼굴을 어루만지고, 팔꿈치까지 드러난 양팔에 거의 투명 망사 같은 푸른 정맥을 내비치고, 입술은 마치 노래하는 듯이 살포시 벌어진 채 미소를 띤 소녀가 새처럼 폴짝폴짝 계단을 올라오고 있었던 것이다.

모두가 외쳤다. "할렐루야! 하느님에게 영광을! 호산나, 아스클레피오스![2] 아비산 만세! 샤워 만세!" 베르타가 내실로 뛰

2 그리스 신화에서 의학과 치료의 신.

어 들어가 가장 근사한 비단옷을 입는 동안, 소녀의 가족은 거북이 안경, 검은 장갑, 고명한 대머리, 더블 프록코트의 노인에게 선물을 보냈다. 빈혈증 소녀의 어머니인 여러분, 자 이제 들어 보시오. 청순하고 아름다운 볼에 화색이 돌게 하려면 비소와 철분보다 더 좋은 것이 있다는 것을, 복숭아나무 꽃가지처럼 싱그럽고 여명처럼 빛나고 푸른 이야기 속 공주처럼 어여쁜 올리브색 눈의 소녀 베르타에게 건강과 목숨을 되돌려 준 것은 아비산도 결코 아니었고, 샤워도 결코 아니었고, 약사도 결코 아니었다는 사실을 알아야 합니다.

*

베르타는 마차에 탄 뒤 요정에게 물었다.

"나를 어디로 데려가는 거지?"

"태양의 궁전으로."

물론 소녀는 느꼈다. 양손이 뜨거워지고 가슴에 피가 몰린 듯이 콩닥콩닥 뛰는 것을.

요정이 계속 말했다. "나는 사춘기 소녀들의 꿈에 나타나는 착한 요정이야. 내 금마차에 태워 지금 네가 가고 있는 태양의 궁전으로 데려가는 것만으로 위황병 환자들을 낫게 하는 바로 그 요정. 소녀야, 춤의 감로주를 너무 탐닉하지 말고, 급작스런 즐거움에 처음부터 취해 정신줄을 놓지 않도록 조심해. 이제 도착했어. 네 집으로 금방 돌아갈 거야. 나의 아가씨여, 태양의 궁전에서의 1분은 육체와 영혼에게는 수년치 불길이란다."

사실 그들은 태양이 내리쬐는 듯한 아름다운 마법의 궁전에 있었다. "아, 타오르는 듯한 불빛!" 베르타는 들판과 바다의 공기가 폐를 채우는 것을, 혈관에 불길이 도는 것을 느꼈다. 또 머릿속에 화음이 울려 퍼지고, 영혼이 확장되고, 연약한 살결이 탄력과 매끄러움을 띠게 된 듯했다. 멋진 꿈을 보고 또 보았고, 황홀한 음악을 듣고 또 들었다. 빛과 향기, 비단과 대리석이 그득한 넓고 아름다운 회랑에서는 투명하고 압도적인 왈츠 파도에 휩싸여 소용돌이처럼 춤추는 남녀들을 보았다. 자신처럼 창백하고 우울한 모습으로 온 수많은 빈혈증 아가씨들이 그 공기를 들이마시고 보송보송한 황금빛 수염과 부드러운 머리카락을 반짝이는 활기차고 늘씬한 젊은이들의 품에 담빡 안기는 것을 보았다. 아가씨들은 춤을 추고 또 추었다. 그 젊은이들과 몸을 뜨겁게 밀착하고, 영혼을 울리는 사랑의 밀어를 듣고, 바닐라와 통카콩과 제비꽃과 계피가 어우러진 숨결을 이따금 들이마시면서. 이윽고 오랜 비상(飛翔)에 지친 비둘기들처럼 열에 들뜨고 숨이 가쁘고 기진맥진해진 아가씨들은 비단 쿠션 위에 쓰러졌다. 가슴이 들썩이며 목까지 발그레해진 소녀들은 황홀한 것들을 꿈꾸고 또 꿈꾸었다…. 베르타 역시 마찬가지였다! 소용돌이, 그 매혹적인 거대한 소용돌이 속에서 쾌락에 들떠 춤을 추었다. 그때 춤의 포도주에 너무 취하면 안 된다는 말이 떠올랐다. 그래도 큼지막한 눈으로 아름다운 상대방 남자에게 봄 같은 눈길을 계속 보냈다. 그는 베르타의 허리를 바싹 감싸 안고 그 드넓은 회랑을 따라 이끌었다. 온화한 단어, 무지개처럼 빛나고 향긋한 어구, 맑고 동양적인 문장들을 사랑스럽고 율동적으로 그녀의 귀에 속삭이면서.

그러자 소녀는 자신의 육체와 영혼에 태양이, 강력한 향기가, 그리고 생명이 충만했다고 느꼈다. 무엇을 더 바라겠는가!

*

요정은 소녀를 저택의 정원으로 다시 데리고 왔다. 소녀는 흔들리는 나뭇가지까지 신비주의적으로 차올라, 죽은 꽃받침들의 방황하는 영혼처럼 물결치는 향긋한 파도에 휩싸인 꽃들을 땄다.

그러고는 아비산과 샤워에게 공을 돌리고자 치마와 두 뺨에 장미를 담고 나타나 가장 근사한 비단옷을 입으러 내실로 들어간 것이다!

*

빈혈증 소녀의 어머니여! 의사 선생의 아비산과 비산염과 치아인산염의 승리를 축하하오. 그러나 나는 사실 이렇게 말하겠소. 청순하고 아름다운 볼에 화색이 돌게 하려면 여러분의 귀여운 새들에게 새장 문을 열어 주어야 한다고. 특히 봄이 오고, 혈관이 뜨거워지고 활력이 돌고, 수많은 태양의 미립자가 마치 살포시 핀 장미꽃 위의 황금색 벌떼처럼 정원에서 윙윙거리고 있을 때에는. 위황병에는 육체와 영혼에 태양을! 그렇소, 태양의 궁전으로 가야 합니다. 복숭아나무 꽃가지처럼 싱그럽고 여명처럼 빛나고 푸른 이야기 속 공주처럼 어여쁜 올리브색 눈의 소녀 베르타 같은 아이들이 다녀온 곳으로.

파랑새

파리는 흥미진진하고 끔찍한 극장이다. 카페 플롱비에를 찾곤 하던 이들, 선량하고 결연한 젊은이들(화가, 조각가, 작가, 시인들)은 모두 옛날의 초록색 월계관을 추구하였다! 그들 가운데 그 가엾은 가르생보다 더 사랑받는 이는 없었다. 거의 언제나 슬픔에 젖어 있고, 압생트 애주가이고, 결코 취하는 일 없는 몽상가이고, 흠잡을 데 없는 보헤미안처럼 과감한 즉흥시인이었다.

우리들의 즐거운 모임들이 열리던 누추한 방 회칠한 벽에는 미래의 들라크루아들의 스케치와 밑그림들 사이에 우리의 친애하는 파랑새가 비스듬하고 굵은 필체로 쓴 시들이 몇 구절씩 혹은 통으로 있었다.

파랑새는 불쌍한 가르생을 말한다. 여러분은 왜 그렇게 불렀는지 모르겠지? 우리가 그 이름을 붙였다.

단순한 변덕에서 나온 이름이 아니었다. 그 뛰어난 청년은 술만 마시면 슬퍼했다. 우리는 물어보았다. 우리 모두가 얼뜨기처럼 혹은 어린아이처럼 웃을 때, 어째서 우거지상을 짓고 맑은 하늘만 빤히 쳐다보느냐고. 그는 다소 씁쓸한 미소를 지으며 대답했다.

"친구들이여, 내 머릿속에는 파랑새가 한 마리 있다는 것을 알아야 해. 따라서…."

*

그는 봄이 오면 새 옷을 입은 들로 나가기를 좋아했다. 시인에 따르면, 숲의 공기가 그의 폐를 건강하게 했다.

그는 돌아올 때 으레 오랑캐꽃 꽃다발과 구름 한 점 없는 광활한 하늘 아래에서 나뭇잎 소리를 들으면서 끄적거린 마드리갈을 담은 두꺼운 공책을 들고 왔다. 오랑캐꽃은 이웃인 니니, 상큼하고 장미 같은 짙푸른 눈의 소녀를 위한 것이었다.

시는 우리를 위한 것이었다. 우리는 시를 읽고 박수갈채를 보냈다. 우리 모두는 저마다 가르생을 예찬했다. 그는 반드시 빛을 발할 천재였다. 그때가 올 것이었다. 아, 파랑새는 아주 높이 날 것이다! 용감하게! 훌륭하게! "어이, 웨이터, 압생트 더 가져와!"

*

가르생에게는 원칙이 있었다.

꽃 중에는 아름다운 풍경초.

보석 중에는 사파이어,

무한한 것들 중에는 하늘과 사랑. 다시 말해 니니의 눈동자.

시인은 되풀이해서 말했다. “정신박약보다는 노이로제가 항상 더 낫지.”

*

이따금 가르생은 여느 때보다 더 슬픔에 잠겼다.

그러면 가로수 길을 걸었다. 사치스러운 마차, 우아한 남성, 아름다운 여인들이 지나가는 것을 무심히 보고, 보석상 진열장 앞에서 미소를 지었다. 그러나 책방 옆을 지나갈 때면 진열대 유리창에 다가가 기웃거리고, 호화로운 장정의 책을 보면 부러워 죽겠다는 기색으로 이맛살을 찌푸렸다. 그리고 마음을 다잡기 위해 얼굴을 하늘을 향해 돌리고 한숨을 내쉬었다. 그리고 카페로 우리를 찾으러 뛰어와, 억장이 무너지듯 흥분하고 거의 울면서 압생트를 주문하며 우리에게 말하고는 했다.

“그래, 내 머릿속 새장에는 자유를 원하는 파랑새가 갇혀 있다고….”

*

그가 머리가 어떻게 된 것은 아닌지 의심하기에 이른 사람들이 있었다.

한 정신과 의사는 자초지종을 듣고는 특수한 편집광 사례라고 진단하였다. 자신의 병리학 연구에 따르면 의심의 여지가 없었다. 그 불행한 가르생은 결단코 정신 이상이었다.

하루는 가르생이 노르망디에서 포목 장사를 하는 늙은 아버지에게 편지를 받았다. 내용은 대강 아래와 같았다.

"네가 파리에서 미친 짓거리를 하고 있는 줄 안다. 네가 계속 그 모양 그 꼴이면, 단 한 푼도 없을 줄 알아. 와서 내 가게 장부를 맡거라. 그리고 이 게으름뱅이야, 바보 천치 같은 네 원고들을 다 태워 버려야 돈을 주겠다."

카페 플롱비에에서 사람들이 이 편지를 읽었다.

"갈 거야?"

"안 갈 거지?"

"받아들일 거야?"

"무시할 거야?"

용감한 가르생! 그는 편지를 찢어 버리고, 영감을 발휘하여 즉흥시를 썼다. 내 기억이 맞다면, 이렇게 끝난다.

내 머리가 여전히
파랑새 새장인 한,
그래 게으름뱅이로 계속 남으리라.
이에 박수갈채를 보내고 축하한다.

그때부터 가르생은 성격이 바뀌었다. 수다쟁이가 되고, 즐거움을 뒤집어쓰고, 새 프록코트를 사고, 테르세토[1] 형식으로 「파랑새」를 쓰기 시작했다. 제목이 분명 그랬다.

매일 밤 우리 모임에서 그의 새로운 원고를 읽었다. 「파랑새」는 빼어나고 숭고하고 터무니없었다.

그 시에는 대단히 아름다운 하늘, 대단히 싱그러운 들판, 코로[2]의 마법 같은 붓에서 탄생한 풍경, 꽃 사이로 얼굴을 내민 어린아이, 니니의 촉촉하고 커다란 눈이 담겨 있었다. 선한 하느님이 특별히 날려 보낸 파랑새가 있었다. 언제 어떻게인지는 모르겠으나 시인의 머리에 둥지를 틀었다가 갇혀 버리게 된 파랑새가. 새가 노래할 때면, 즐거운 장밋빛 시가 탄생한다. 새가 날아오르고자 날개를 폈다가 두개골을 벽에 부딪힐 때면, 시인은 하늘을 향해 눈을 치켜뜨고, 이맛살을 찌푸리고, 물

1 terceto, 3행 단위로 운율을 맞추는 시 형식.
2 Jean Baptiste Camille Corot(1796~1875), 파리 출신의 풍경화가로 신고전주의에서 근대 풍경화로 이행하는 가교 역할을 했다. 인상파의 선구자로도 유명하다.

을 거의 섞지 않은 압생트를 마시고, 마지막으로 종이에 만 담배를 피웠다.

이것이 시의 내용이었다.

어느 날 밤, 가르생은 한껏 웃으면서 왔다. 그러나 매우 슬퍼하고 있었다.

아름다운 이웃 소녀가 묘지로 간 것이었다.

"새 소식! 새 소식! 내 시의 마지막 노래야. 니니가 죽었어. 봄은 오는데 니니는 가 버렸어. 들에는 더 많은 오랑캐꽃이 남게 되겠지. 이제 에필로그 부분만 남았어. 출판업자들은 내 시를 읽을 자격도 없어. 너희들도 머지않아 흩어질 거야. 시간의 법칙이지. 에필로그는 '어떻게 파랑새가 푸른 하늘을 향해 높이 날아오르는가'라고 제목을 붙일 거야."

*

무르익은 봄! 꽃이 만발한 나무, 새벽에는 분홍색, 저녁에는 희뿌연 색의 구름. 잎사귀를 흔들고 밀짚모자 리본들을 특별한 소리로 펄럭이게 하는 부드러운 바람! 가르생은 들로 나가지 않았다.

여기 새 옷을 입고 우리가 사랑하는 카페 플롱비에에 온다. 창백하고 슬픈 미소를 지으면서.

"친구들이여, 나를 안아다오! 모두들 나를 힘차게 안아다오. 작별인사를 해다오. 온 마음을 바쳐, 영혼을 바쳐… 파랑새가 날고 있어…."

불쌍한 가르생은 울면서 우리를 꽉 끌어안았고, 있는 힘을 다해 우리와 악수를 하고 떠났다.

우리 모두는 말했다. "가르생 이 탕자여, 아버지를 찾아가. 노르망디의 아버지를", "뮤즈여, 안녕", "안녕, 고마웠어", "우리의 시인이 포목을 재단하기로 결심했군!", "어이, 가르생을 위해 건배!"

*

다음 날, 허접한 공간에서 그 난리를 치던 우리 카페 플롱비에 식구들은 모두 창백하고 놀라고 슬픈 얼굴로 가르생의 방에 모였다. 그는 침대에 있었다. 총알에 두개골이 파열된 채 피범벅 된 시트 위에. 베개 위에는 뇌수가 여기저기 튀어 있었다. 얼마나 처참했는지!

최초의 충격에서 회복된 후에야 우리는 친구의 시신 앞에서 울 수 있었고, 가르생이 가지고 있던 그 유명한 시를 발견하였다. 마지막 페이지에 이런 말이 적혀 있었다. "오늘 이 완연한 봄날에, 불쌍한 파랑새를 위해 새장 문을 열어 놓는다."

*

아, 가르생, 얼마나 많은 사람이 너와 똑같은 병을 머리에 안고 있을까!

흰 비둘기와 갈색 해오라기

내 사촌누이 이네스는 독일 여자처럼 금발이었다. 우리는 아주 어릴 때부터 자상한 할머니 댁에서 함께 자랐다. 할머니는 우리를 무척 사랑하셨고, 친남매처럼 키우시면서 서로 싸우지 않도록 세심하게 신경을 쓰셨다. 큰 꽃무늬 옷을 즐겨 입고 부셰[1] 그림의 늙은 후작부인처럼 머리가 곱슬곱슬하고 올림머리를 하던 사랑하는 할머니!

*

이네스는 나보다 나이가 조금 더 많았다. 그러나 내가 더 빨리 글을 배웠다. 기억이 아주 생생한데, 그녀가 크리스마스 단

1 François Boucher(1703~1770), 파리 출신의 로코코풍 화가. 신화 그림과 초상화를 많이 그렸다. 특히 퐁파두르 후작부인이 그의 그림을 좋아했다.

막극에서 아기 예수와 아름다운 마리아와 요셉 앞에서 춤추고 노래하며 기계적으로 암송하던 전원시를 나는 이미 잘 이해하고 있었다. 소탈한 집안 어른들이 크게 즐거워하며 꿀 떨어지는 웃음으로 꼬마 배우의 재주를 칭찬했었다.

이네스는 성장했다. 나도 성장했지만 이네스만큼은 아니었다. 나는 끔찍하고 서글픈 기숙학교에 입학해야 했다. 무미건조한 중등교육을 받으러, 전형적인 학생 음식을 먹으러. 그래서 내 세계와 작별하게 되었다. 내 어린 시절! 우리 집, 할머니, 사촌누이, 내 다리에 사랑스럽게 몸을 문질러 대서 검은 옷에 흰 털을 잔뜩 묻히던 로마 혈통의 내 고양이와!

나는 떠났다.

그곳 학교에서 내 사춘기가 완전히 발현되었다. 내 목소리는 언뜻 피리소리 같고 일견 걸걸한 음색을 띠었다. 소년에서 청년으로 이행하는 우스꽝스러운 시기에 접어든 것이다. 그러자 특별한 현상이 벌어졌다. 뉴턴의 이항식을 끝내 나에게 이해시키지 못한 수학 선생에게 집중하는 대신 사촌누이 이네스를 생각했다. 아직은 막연하고 신비롭게.

이어서 심오한 깨달음들을 얻었다. 많은 것을 알게 되었다. 그중 하나가 키스는 더할 나위 없는 쾌락이라는 사실이었다.

시간이 흘렀다.

『폴과 비르지니』를 읽었다. 학년말이 되었고, 나는 방학을 보내러 화살처럼 빨리 집으로 향했다. 자유!

*

사촌누이는 오, 하느님!, 그 짧은 시간에 완전한 숙녀가 되어 있었다. 누이 앞에만 서면 나는 부끄럽고 다소 경직되었다. 내게 말을 건넬 때마다, 그저 미소만 지을 뿐이었다.

이네스는 이미 15세 반이었다. 햇빛 아래 빛나는 금발 머리카락은 보물이었다. 정면에서 보면 그녀의 새하야면서도 약간 발그레한 얼굴은 무리요의 창조물이었다. 옆에서 보면 이따금 멋진 시라쿠사 메달 속 공주 얼굴 같다는 생각을 했다. 예전에는 짧았던 옷이 길어졌다. 탄탄하고 봉긋한 가슴은 숨겨진 최고의 환상이었다. 맑고 낭랑한 목소리, 이루 표현할 길 없는 푸른 눈동자, 생명과 자주색 향기로 충만한 입. 건강하고 순결한 몸!

할머니는 두 팔을 벌려 나를 맞이해 주셨다. 이네스는 포옹 대신 손을 내밀었다. 그 뒤로는 나는 감히 예전에 하던 놀이를 하자고 할 수 없었다. 나는 수줍었다. 그럴 수밖에! 그녀도 뭔가 그런 감정을 느꼈으리라. 나는 사촌누이를 사랑했다!

이네스는 일요일마다 아침 일찍 할머니와 미사에 갔다.

내 침실은 두 사람의 침실 옆에 있었다. 교회 종들이 낭랑하게 아침 시간을 알릴 때, 나는 이미 깨어 있었다.

귀를 기울여 옷 입는 소리를 들었다. 조금 열린 문틈으로 두 사람이 큰 소리로 이야기하며 나서는 모습을 엿보았다. 할머니의 구식 치마와 요염하고 꽉 죄어 항상 내게 기대감을 갖게 하는 이네스의 옷이 사그락 소리를 내면서 내 옆을 지나갔다.

오, 에로스여!

*

"이네스…."

"…?"

우리는 달콤한 은빛 달빛 아래 단둘이 있었다. 니카라과의 달 같은 아름다운 달!

나는 내가 느끼는 감정을 모두 말했다. 애원하면서, 더듬거리면서, 두서없이. 어떤 때는 급하게 어떤 때는 절제해서, 격렬하게, 저어하면서. 그렇다! 이네스에게 모든 것을 말했다. 그녀 곁에 있으면 경험하는 먹먹하고 기묘한 내면의 동요를, 사랑과 고뇌를, 잠들지 않는 슬픈 욕망을, 학교에 있을 때부터 그녀에게 꽂혀서 하던 생각을. 나는 사랑이라는 위대한 단어를 마치 성스러운 기도문 외듯 반복하였다. '아, 이네스는 나의 예찬을 기쁘게 받아들이겠지.' '우리는 더 자라서 부부가 되겠지….'

나는 기다렸다.

창백한 하늘이 우리를 비추고 있었다. 따스한 향기가 감도는 분위기여서 격렬한 사랑에 적당하리라고 상상했다. 황금빛 머릿결, 파라다이스 같은 눈, 달아올라 살포시 열린 입술!

별안간 이네스가 얼굴을 찡그리며 말했다.

"이런! 멍청하기는…."

그녀는 마음씨 좋은 할머니가 묵주기도와 응답성가로 조용히 기도하고 있는 곳으로 즐거운 고양이마냥 뛰어갔다.

그리고 짓궂은 학생의 뻔뻔스러운 웃음으로, 무분별한 태도로 말했다.

"할머니, 재가 고백을…."

두 사람은 이미 내가 고백할 줄 알고 있었던 것이다!

이네스의 웃음이 노인네의 기도를 중단시켰다. 할머니는 묵주알을 만지면서 생각에 잠겼다. 그리고 이 모든 일을 멀리서 어렴풋이 본 나는 울었다. 그렇다, 쓰디쓴 눈물을 흘렸다. 사내로서 좌절감을 느낀 데 따른 최초의 눈물을!

*

신체적 변화도 계속 이어졌고, 정신적인 동요도 나를 깊이 뒤흔들었다. 오, 하느님! 몽상가인 나, 어린 시인을 자처하던 나는 수염이 나기 시작하면서 머리는 환상으로, 입술은 시로 채워졌다. 내 사춘기 영혼과 몸은 사랑에 목말라 있었다. 천상의 시선이 내 존재의 밑바탕을 밝혀 줄 극치의 순간, 그래서 매력적인 수수께끼인 베일을 찢을 순간이 대체 언제 올 것인가?

햇빛 좋은 어느 날, 이네스는 정원에서 관목과 꽃들 사이로 밀알을 뿌리면서 친구들을 불러 모았다. 눈처럼 새하얗고 사랑스럽도록 음악적 가슴을 지닌 비둘기, 달콤한 소리로 우짖는 비둘기들이었다. 그녀는 소매가 넓은 푸르스름한 회색빛 옷을 입고 있었는데(내가 그녀 꿈을 꿀 때마다 보았던 옷이다), 매끄러운 새하얀 팔이 거의 통째로 들여다보였다. 뒤로 묶은 촉촉한 머리와 하얗고 발그레한 목덜미의 보송보송한 솜털은 내게는 일렁이는 햇살 같았다. 새들이 구구구 소리를 내며 그녀 주변을 걸어 다니면서, 칙칙한 땅 위에 심홍색 별 같은 발자국을 남겼다.

더운 날이었다. 나는 재스민 가지 뒤에 숨어 있었다. 두 눈으로 그녀를 집어삼켰다. 마침내 사랑스러운 누이가 내가 숨어 있던 곳으로 다가왔다! 얼굴이 붉게 물들고, 야릇하게 훑어보는 듯한 불길이 이글거리는 눈으로 몸을 떨고 있는 나를 그녀가 보았다. 그리고 잔인하게, 끔찍하게 웃기 시작하였다. 오, 그럴 수는 없었다! 나는 성큼 그녀 앞에 나섰다. 내가 당돌하니 두려웠던 것 같다. 놀란 듯이 뒤로 한 걸음 물러서는 것을 보니.

"사랑해!"

그러자 그녀는 다시 웃었다. 비둘기 한 마리가 날아와 그녀의 팔 위에 앉았다. 그녀는 귀엽다고 쓰다듬어 주면서 상큼하고 관능적인 입, 진주 같은 치아 사이에 머금고 있던 밀알을 주었다. 나는 더 가까이 다가갔다. 내 얼굴이 그녀 얼굴에 바싹 붙었다. 천진난만한 비둘기들이 우리를 에워싸고 있었다.

여인의 향기가 눈에 보이지 않는 강력한 물결로 엄습하여 내 머릿속을 어지럽혔다. 나는 이네스가 아름답고 하얗고 숭고한 인간비둘기이며, 동시에 정염과 열정, 행복이 가득한 보물이라고 느껴졌다! 나는 더 이상 말하지 않았다. 그녀의 머리를 잡고 한쪽 볼에 키스했다. 재빠른 키스, 격정적인 정염으로 타오르는 키스였다. 조금 화가 난 그녀는 도망쳐 버렸다. 비둘기들이 놀라 흔들리는 관목 위로 불투명한 날갯짓 소리를 내면서 날아올랐다. 이에 압도된 나는 꼼짝도 하지 않았다.

*

얼마 안 있어 나는 다른 도시로 떠났다. 아! 금발의 하얀 비둘기는 결코 내가 꿈꾸던 신비로운 쾌락의 낙원을 내 눈앞에 보여 주지 않은 것이다.

*

내 영혼을 위한 뜨겁고 신성한 뮤즈여, 그날은 와야만 했다! 귀엽고 명랑한 엘레나가 나의 새로운 사랑이었다. 축복받으리라, 내 옆에서 이루 표현할 수 없는 말을 처음으로 속삭인 그 입이여!

내 고향 땅의 호숫가, 꽃이 만발한 섬들과 다채로운 새들로 가득한 고혹한 호수 옆에 있는 어느 도시에서였다!

우리는 단둘이 손을 잡고 오래된 부두에 앉아 있었다. 그 아래에는 어두운 연두색 물이 음악적으로 철썩대고 있었다. 열대지방 연인들에게 기쁨을 주는 애무의 석양이었다. 오팔 빛깔 하늘에는 평온한 반투명함이 감돌다가 이윽고 감소하여 짙은 자줏빛 색조로 동녘이 물들고, 아래쪽 지평선에는 그 반투명함이 증가하여 불그스름한 황금색으로 변했다. 그곳에서는 태양의 마지막 햇빛이 비스듬하게, 붉게, 쇠잔하게 흔들렸다. 내가 숭배하는 여인은 욕구에 끌려 나를 쳐다보았고, 우리는 뜨겁고 야릇한 눈짓을 주고받았다. 우리 영혼의 깊은 곳에서는 마치 보이지 않는 신성한 두 마리 나이팅게일이 황홀한 목소리로 함께 노래하는 듯했다.

황홀경에 빠진 나는 살갑고 뜨거운 여인을 바라보았다. 내가 양손으로 쓰다듬고 있던 밤색 머릿결, 계피와 장미를 섞은 색깔의 얼굴, 클레오파트라의 입, 우아하고 순결한 몸을 하고 있었다. 그리고 그녀의 조용한, 아주 조용한 목소리를 들었다. 마치 나만 들으라는 듯이, 아마도 석양의 바람이 앗아갈 것을 저어하는 듯이 아주 나지막하게 애정 넘치는 말들을 했다. 나를 응시하는 미네르바의 눈, 모든 시인이 좋아할 그녀의 초록색 눈이 행복을 범람시켰다. 이윽고 우리의 시선은 아직 희미하게 밝은 호수를 방랑했다. 호숫가에 수많은 해오라기 한 무리가 앉아 있었다. 낮에 기온이 오르면 호숫가로 몰려와, 검은 바위 위에서 커다란 아가리를 벌리고 햇빛을 들이마시는 악어들을 놀라게 하는 하얀 혹은 갈색의 해오라기들이었다. 아름다운 해오라기! 몇 놈은 긴 목을 물속이나 날개 속에 숨기고 있어서 살아 있는 불그스름한 꽃송이들이 고즈넉하게 움직이는 형국이었다. 때로는 한 다리로 서서 부리로 털을 고르거나 조각상이나 성직자처럼 움직이지 않고 가만히 있는 해오라기도 있었다. 또한 여러 마리가 잠깐 날아올라 초록이 가득한 물가 저 멀리에, 또는 하늘에 중국 양산의 학 떼를 연상시키는 변덕스러운 그림을 그리기도 했다.

사랑하는 여인 옆에서 나는 해오라기들이 저 높은 곳의 나라에서 미지의 몽상적인 시를 내게 많이 가지고 오리라 상상하였다. 하얀 해오라기가 비둘기보다 더 순수하고 백조보다 더 육감적으로 보였다. 왕가의 품위를 갖춘 목, 셰익스피어가 런던의 궁정에서 낭송하는 모습을 담은 어느 그림 속에서 곱슬머리 시동들과 함께 있는 영국 숙녀들의 그것을 닮은 해오라기의 목은 그지없이 아름다웠다. 연약하고 하얀 날개는 아스라한 결혼식의 꿈을 연상시켰다. 어느 시인이 절묘하게 말하듯, 모든 해오라기가 벽옥으로 조각되어 있는 듯했다.

아, 그러나 내게는 다른 해오라기들이 더 매력적이었으니! 나의 엘레나는 이 해오라기들과 닮은 것 같았다. 계피와 장미를 섞은 색깔이, 우아하고 매혹적이라는 점이.

이미 해는 뉘엿뉘엿하면서 동방의 왕의 모든 풍성한 자줏빛을 휩쓸어 갔다. 나는 사랑의 서약과 달콤하고 뜨거운 밀어로 엘레나에게 다정하게 애정을 표했고, 두 사람이 함께 거대한 정염을 느긋한 이중창으로 계속 불렀다. 우리는 이 점에서까지 꿈꾸는 두 연인, 서로 신비주의적으로 헌신하는 두 연인이었다.

설명할 길 없는 어느 순간, 우리는 마치 은밀한 힘에 끌리듯 별안간 키스를 나누었다. 온몸이 떨리는 신성하기 짝이 없고 지고한 키스였다. 여인에게 받은 첫 입맞춤이었다. 오, 솔로몬! 성서의 인물이자 왕가의 시인인 당신은 누구보다도 올바로 말했다. '꿀과 우유는 혀 밑에 있다'라고.

그날 우리는 더 이상 꿈꾸지 않았다.

*

오! 사모하는 아름다운 여인이여, 내 사랑스러운 갈색 해오라기여! 당신은 나의 영혼 안에 자리한 가장 높고 숭고한 불멸의 빛으로 내 심오한 추억을 이루고 있소!

당신은 형언할 수 없는 사랑의 첫 순간에 성스러운 기쁨의 비밀을 보여 주었기 때문이오!

칠레에서

—발파라이소 사생첩—

1. 그림을 찾아서

고집불통 서정시인 리카르도는 붓도 팔레트도 도화지도 연필도 없이 길을 나섰다. 번잡함과 부산스러움, 기계와 화물, 단조로운 전차 소리와 포석 위에 울리는 말발굽 소리, 주식시장 앞 증권 중개인들의 달음박질, 장사치 무리, 신문팔이의 외침, 이 항구의 끝없는 소음과 열정 등에서 달아나 인상(印象)과 그림을 찾으러 알레그레봉(峰)을 올랐다. 꽃이 핀 커다란 바위처럼 늠름한 그 봉우리의 좌우 측면은 푸르렀다. 둔덕마다 정원에 둘러싸인 계단식 집들이 있었다. 물결 같은 넝쿨 커튼, 새장, 꽃병, 눈부신 창살 울타리, 천사 같은 얼굴에 금발 머리를 한 아이들이 있는.[1]

아래로는 발파라이소의 건물 지붕들이 보였다. 상거래를 하고, 일진광풍처럼 걸어 다니고, 인파로 상점을 채우고 은행을 침범하고, 아침에는 크림색이나 납빛 체크무늬 정장에 피륙 모자를 쓰고, 밤에는 번쩍이는 실크해트를 쓰고 외투를 팔에 걸치고 노란 장갑을 끼고 카보 거리에서 우글대면서 진열창에서 흘러나오는 빛과 지나가는 여인들의 아름다운 얼굴을 보는 발파라이소의 지붕들이.

그 너머에는 안개 낀 강철 바다, 무리지어 있는 선박, 푸르고 아스라한 수평선이 있고, 그 위로는 뿌연 해가 떠 있었다.

현재 완고한 몽상가 리카르도가 있는 봉우리 거의 제일 높은 곳에서는 봉우리 아래의 번잡함이 거의 느껴지지 않았다. 그는 카미노 데 신투라를 따라 정처 없이 걸으며 마치 백만장자 시인 같은 존엄한 뻔뻔스러움으로 사랑의 시를 생각하며 가고 있었다.

그곳에는 그의 폐를 위한 신선한 공기가 있고, 마치 바람에 노출된 새둥지처럼 꼭대기에 걸려 있는 집들이 있어서 한 쌍의 연인이라면 기꺼이 기거할 만했다. 그 밖에도 무한한 푸른 공간이 있어서, 리카르도도 익히 알고 있듯이, 성가 및 찬미가 작곡자들이 마음 내키는 대로 이용할 수 있다.

별안간 소리가 들렸다. "메리! 메리!" 인상을 사냥하고 그림

1 당시 발파라이소는 남미 태평양 연안의 최대 항구였고, 무역과 금융에 종사하는 영국인들의 집단 거주지가 있었다.

을 찾던 리카르도는 뒤를 돌아보았다.

2. 수채화

가까이에 아름다운 정원이 있었다. 진달래보다 장미가, 장미보다 오랑캐꽃이 더 많았다. 꽃병은 있으나 동상은 없고, 하얀 분수반은 있으나 분수 시설은 없는 아름답고 작은 정원으로, 달콤하고 행복한 이야기에 등장할 법한 아담한 집에 딸려 있었다.

분수반에서는 백조 한 마리가 머리를 연신 처박으면서 물을 휘젓고, 눈처럼 새하얀 날개를 펄럭이고, 수금이나 항아리 손잡이 모양으로 목을 활처럼 구부리고, 장밋빛 마노로 조각한 것처럼 윤기 나고 촉촉한 부리를 움직였다.

문가에는 디킨스 소설에서 끄집어낸 할머니 같은 사람이 있었다. 독특하고 유일하고 고전적인 영국 노인들 같은. 리본 달린 모자를 쓰고, 코에 안경을 걸치고, 몸이 구부정하고, 주름진 뺨이지만 잘 익은 사과처럼 혈색이 좋아 보이는 모습이었다. 짙은 치마 위에 앞치마를 하고 있었다.

그 노인이 불렀다.

"메리!"

시인은 아름답고 당당하고 미소 띤 아가씨가 정원 한구석에서 오는 것을 보았다. 대리석 같은 목덜미 위에서 나풀거리는 금발 머릿결이 정말 아름답다는, 여명 같은 얼굴이 있는 법이라는 생각이 단박에 들었다.

모든 것이 감미로웠다. 장미꽃 사이의 저 열다섯 살 소녀(그렇다. 열다섯 살이다. 소녀의 고요한 눈동자, 약간 도드라진 가슴, 봄의 상큼함, 발목까지 내려와서 살색 양말의 아찔한 시작 부분만 보여 주는 치마가 나이를 웅변적으로 외치고 있었다), 초록색 아치를 따라 너울거리는 저 장미꽃들, 금가루를 가득 안고 유랑하는 나비와 해맑은 무지갯빛 날개의 잠자리들이 지나는 길에 잠시 내려앉는 명랑한 꽃다발의 저 복숭아나무들, 새하얀 깃털을 부풀리고 물거품 이는 투명한 물에서 관능적으로 자맥질하는 넓은 찻잔 속 저 백조, 행복의 물결을 일으키는 듯한 평화롭고 깨끗하게 칠해 놓은 아담한 집, 인생의 겨울에 접어들어 꽃피는 청춘 메리를 곁에 두고 있는 문가의 할머니.

그림을 사냥하러 다니던 서정시인 리카르도는 기막힌 음식을 음미하는 미식가의 만족감을 느끼며 그곳에 있었다.

노인과 젊은 아가씨가 대화를 나누었다.

"뭘 가져오니?"

"꽃이오."

메리는 마치 무지개 조각들이 듬뿍 담겨 있는 듯한 치마를 펼쳐 보이고, 님프의 섬섬옥수로 꽃들을 들추었다. 그녀의 예쁜 자주색 입이 미소를 짓고, 동그랗게 뜬 눈은 청금석 색깔로 촉촉하게 빛났다.

시인은 계속 앞으로 나아갔다.

3. 풍경

리카르도는 얼마 안 가 멈춰 섰다.

태양이 불투명한 구름 베일을 찢고 나와 굽이진 길을 황금빛과 진주빛으로 밝게 물들였다. 그곳의 몇 그루 버드나무는 초록색 머리카락을 잔디에 닿을 듯이 늘어트리고 있었다. 멀리 흑토(黑土)와 적토(赤土)와 유리처럼 빛나는 돌들이 있는 높은 벼랑들이 보였다. 지쳐 늘어진 버드나무 아래에는 당나귀 몇 마리가 철학적인 머리를 흔들면서(오, 위대한 위고 선생님!)[2] 나뭇잎을 뜯어 먹고 있었다. 그 주변에는 살진 황소 한 마리가 우수에 젖어 생각에 잠긴 듯한 큰 눈으로 누구도 경험하지 못한 극치의 환희가 담긴 눈길과 상냥함을 살포하면서 천천히 그리고 한가롭게 풀을 씹고 있었다. 특히 따사로운 아지랑이와 짓밟힌 풀에서 풍기는 구수한 들판 냄새가 감돌았다. 저 깊은 곳에 한 조각의 푸름이 보였다. 건장한 와소, 황소

2 빅토르 위고는 당나귀와 철학자 칸트가 대화를 나누는 내용의 「당나귀」라는 시를 쓴 바 있다.

도 제압할 투박한 장사(壯士)인 그 억센 농부들 중 하나가 벼랑 제일 높은 곳에 별안간 나타났다. 그 뒤에는 광대한 하늘이 있었다. 온통 근육뿐인 다리는 맨살이었다. 한 팔에는 굵은 밧줄을 둘둘 감고 있었다. 머리는 수달가죽 모자를 쓴 듯 헝클어지고 덥수룩하고 야성적이었다.

와소는 이내 황소가 있는 곳에 도달해 뿔을 향해 매듭진 밧줄을 던졌다. 그의 옆에는 혀를 내밀고 헐떡이는 개가 꼬리를 흔들고 껑충껑충 뛰었다.

"솜씨 좋군!" 리카르도가 말했다.

그러곤 그곳을 지나갔다.

4. 동판화

그런데 리카르도는 도대체 어디로 가고 있었을까?

그는 인근에 있던 집으로 들어갔다. 규칙적인 금속성 소리가 새어 나오는 집이었다.

그을음이 잔뜩 끼어 검은, 아주 검은 벽들 사이의 좁은 실내에서 남자 몇이 대장일을 하고 있었다. 한 사람은 풀무질을 하고 있었다. 석탄에서 탁탁 소리가 나고, 불꽃 회오리바람이 일고, 혓바닥 같은 불길이 창백한 색, 황금색, 푸르스름한 색으로 시시각각 변해 가다가 마침내는 찬란한 빛을 냈다. 긴 쇠판을

시뻘겋게 달군 불길이 발하는 빛에 일꾼들의 얼굴이 일렁거렸다. 시뻘건 빗물을 튀기면서 달궈진 금속을 납작하게 벼리는 마초들의 타격을 조잡한 모루 세 개가 견뎌 내고 있었다. 대장장이들은 오픈칼라 양모 셔츠를 입고 긴 가죽 앞치마를 두르고 있었다. 굵은 목과 털북숭이 가슴 윗부분이 보였다. 헐렁한 소매로 우람한 팔뚝이 돌출해 있었는데, 아미코스[3]의 팔뚝처럼 급류에서 씻기고 다듬어진 둥근 돌 같은 알통이 자리했다. 그 어두운 동굴에서 불빛을 받으니 대장장이들이 키클로페스처럼 커 보였다. 한쪽 옆 작은 창문으로 한 줄기 햇빛이 겨우 들어왔다. 마치 짙은 액자를 두른 듯한 대장간 입구에서는 하얀 피부의 소녀가 포도를 먹고 있었다. 그녀의 가녀리고 매끈한 맨살 어깨의 아름다운 백합 같은 살결에 뵐 듯 말 듯한 황금빛 색조가 가미되어 그을음과 석탄을 배경으로 도드라졌다.

리카르도는 생각하였다.

'단연코 예술의 나라에 행복한 소풍을 온 것이야….'

3 포세이돈이 님프 멜리에와 관계를 맺어 낳은 아들로서 소아시아 비티니아 지방의 베브리키아인들의 왕이다. 그리스 신화에 따르면 권투의 창시자이다. 자신의 영토를 지나는 외국인들에게 권투 시합을 제안했고, 자신에게 지는 사람들은 죽였다고 한다.

5. 비둘기 성모

그는 걷고 또 걸었다.

이제 집으로 돌아가고 있었다. 승강기[4] 쪽으로 향할 때 귀여운 아이 웃음소리를 들었다. 고집불통 시인은 그 웃음이 어디에서 나는지 찾았다.

인동덩굴 커튼 아래, 향기로운 식물과 꽃 화분대 사이에서 창백하고 존엄한 어머니가 귀엽고 웃음기 띤 어린아이와 함께 있었다. 한 팔에는 아이를 앉혀 놓고, 또 한 팔은 높이 들고 있었는데 손에 비둘기 한 마리가 앉아 있었다. 무지갯빛 날개의 새끼들을 어르면서 처녀 가슴 같은 상체를 내밀고 달콤한 사랑 음악이 흘러나오는 부리를 벌리는 그런 류의 새하얀 비둘기였다.

어머니는 아이에게 비둘기를 보여 주고 있었고, 아이는 비둘기를 잡으려고 눈을 크게 뜨고 가녀린 두 팔을 내뻗으면서 까르르 웃고 있었다. 햇빛에 비친 아이 얼굴은 마치 후광 같았다. 그리고 자애로운 눈길과, 서광이 비치는 눈동자와, 축복과 입맞춤이 깃든 입술의 어머니는 마치 성스러운 수선화, 형언할 수 없는 순결한 광채를 발산하는 은총 가득한 성모 마리아

4 발파라이소의 여러 언덕과 시내를 잇는 교통수단으로 설치된 실외 승강기.

같았다. 실제 아기 신(神) 같고 천국의 케루빔처럼 고귀한 아기 예수가 광대한 푸른 하늘 돔 아래에서 하얀 비둘기를 잡으려 하였다.

리카르도는 승강기를 타고 내려와서 집으로 가는 길로 접어들었다.

6. 머리

밤이 되었지만 오데온 극장의 음악 소리와 아스톨의 만담이 아직 그의 귀에 울렸다.[5] 마차 소리와 토르티야 장수들의 서글픈 멜로디가 들리는 거리에서 돌아온 그 몽상가는 자기 책상에 앉아 있었다. 순백의 빈 종이가 정열의 눈을 지닌 여인들에게 으레 바치는 실바[6]와 소네트를 기다리고 있었다.

휴!…

실바고 소네트고 간에 서정시인의 머리는 색채와 소리들의 난장판이었다! 키클로페스의 망치질 소리, 낭랑한 팀파니 소리와 함께하는 찬미가, 야만적인 팡파르, 맑은 웃음소리, 새들

5 오데온 극장(Teatro Odeón)은 1869년 발파라이소에서 개관한 연극과 음악을 위한 공간이었고, 아스톨(Eugenio Astol)은 희극배우였다.
6 silva, 11음절과 7음절을 섞어 쓰는 시 형식.

이 지저귀는 소리, 날개가 펄럭이는 소리, 작열하는 입맞춤 소리, 이 모든 것이 광란의 리듬으로 뒤범벅되어 시인의 머릿속에서 울려 퍼졌다. 그리고 한데 모인 색채들은 쟁반에 뒤섞여 있는 서로 다른 꽃봉오리, 또는 화가의 팔레트 위에 어지럽게 짜 놓은 물감 같았다.

게다가….

칠레에서

—산티아고 사생첩—

1. 수채화

봄. 이미 피어나 한가득 꿀을 머금은 백합이 황금빛 태양 아래에서 엷은 색 꽃받침을 활짝 열었다. 서로 애무하는 저 무지갯빛 참새들이 신선한 장미, 그 풍요로운 자줏빛 여왕들에게 이미 살랑대고 있다. 소박한 꽃 재스민은 푸른 하늘에 뿌려진 하얀 별들처럼 촘촘한 나뭇가지 사이를 이미 장식하고 있다. 우아한 귀부인들이 가죽옷이나 겨울 외투를 망각하고 이미 밝은 옷을 입고 있다. 그리고 해가 지면서 부드러운 잔광(殘光)으로 눈[雪]을 불그스름하게 물들이는 동안, 빛나는 수관(樹冠)과 장엄하게 쭉 뻗은 몸통과 새로 난 잎사귀들을 뽐내는 알라메다의 가로수 곁에서, 음악 소리와 공허한 속삭임과 덧없는 대화 속에서 인파가 들끓었다.

이는 한 폭의 그림이다. 무엇보다도 최후의 햇살을 반사했다 흡수했다 하는 검은 마차들이 있다. 빳빳이 세운 목을 문장(紋章)으로 삼고 윤기 나는 마구로 치장한 말들이 있다. 무관심한 표정으로 긴 제복 위로 번쩍이는 금속 단추를 과시하고 있는 마부들이 있다. 마차 안에는 투르크 제국의 후궁처럼 비스듬히 기대고 있거나 여왕처럼 몸을 꼿꼿이 하고 있는 몽상적인 눈의 금발 여인들, 검은 머릿결과 하얀 얼굴의 여인들, 나른한 미(美)와 대담한 아름다움과 순결하고 새하얀 백합 모습과 불타는 매력을 지니고 봄날의 새처럼 즐겁게 웃고 있는 분홍빛 살결의 아가씨들이 있다.

이 마차 문으로는 케루빔을 닮은 얼굴이 모습을 드러내고 있다. 저 마차 문으로는 장갑 낀 손 하나가 모습을 드러냈는데, 아이의 것이라 할 만한 손, 그러나 가슴이 설렐 정도의 아름다운 갈색 여인의 손이었다. 그 너머 마차 문에서는 짙은 색 작은 구두와 라일락 색깔 양말을 신은 신데렐라의 발 하나가 보인다. 저편 마차 문으로는 여신의 몸짓으로 우아함을 뽐내며, 붉게 칠한 상아처럼 아름답고, 고상한 목에 머릿결로 왕관을 삼은 밀로의 비너스가 나타난다. 그러나 외팔이 비너스가 아니라, 무리요의 케루빔 허벅지처럼 튼실한 양팔이 있고 파리의 최신 의상을 입은 비너스이다.

그 너머에는 오가는 사람들의 물결이 있다. 연인, 형제자매, 나무랄 데 없는 어린 신사들. 얼굴, 시선, 색깔, 의상, 두건들이

함빡 뒤섞여 있는 가운데, 검은색 윤기 흐르는 우아한 실크해트들 사이에서 여인의 하얀 얼굴, 벌새 리본이나 깃털로 장식한 밀짚모자, 넉넉한 세일러 칼라 셔츠 차림에 푸른 양말과 에나멜 구두를 신고 붉은색 풍선 줄을 쥐고 생글거리는 아이 등이 이따금 눈에 띄었다.

맨 끝에는 대저택들이 파사드의 위용을 창공을 향해 과시하고 있다. 우뚝 선 미루나무들이 저물어 가는 오후의 떨리고 쇠락한 벌 소리들 사이에서 잎이 무성한 기둥들을 긁어 댔다.

2. 바토[1]의 초상화

여러분은 화장대의 신비 속에 있다. 님프의 그 팔, 멋진 금발 고수머리에 염색 가루를 뿌리는 그 조그마한 손이 보인다. 뿌연 샹들리에 불빛이 실내 전체에 나른함을 흩뿌린다. 그녀가 얼굴을 돌리면 우리는 지나간 호시절을 꿈꾸게 된다. 맹트농 부인[2] 시대의 후작부인 같은 이가 자기 내실에서 홀로 화장을 마무리하는 중이다.

모든 것이 제대로다. 모발과 염색과 고수머리에서 동양적인

1 Antoine Watteau(1684~1721), 프랑스 화가로 로코코 예술 개발에 기여했다.
2 Madame de Maintenon(1635~1719), 프랑스 루이 14세의 두번째 왕비.

머리 단장, 하트 모양으로 깊게 파여 탄탄하고 고운 가슴 윗부분을 드러낸 보디스,[3] 자극적인 새하얀 살결이 들여다보이는 넓은 소매, 꽉 조인 하늘하늘한 허리춤, 품이 넉넉한 멋진 페티코트, 붉은 뾰족구두 속의 작은 발.

여러분은 볼지어다. 푸르고 촉촉한 눈동자를, 경이로운 입술 화장을. 정중한 사랑의 기억, 목가적 혹은 신화적 인물들이 그려진 태피스트리 옆에서 낭송한 마드리갈의 기억, 또는 실바누스[4] 조각상 뒤 어스름 속에서 남몰래 한 키스의 기억 때문인지 스핑크스의 수수께끼 같은 미소를 띠고 있다.

귀부인은 커다란 두 거울 사이에서 머리부터 발끝까지 자신의 모습을 비추어 본다. 자신의 시선, 걸음걸이, 미소가 자아낼 효과를, 춤출 때 향기롭고 발그레한 목덜미에서 물결칠 미세한 솜털의 효과를 가늠한다. 생각하고, 한숨짓는다. 그 한숨은 화장대 특유의 여성 향기가 흠뻑 배인 그 공기 속을 떠다닌다.

그러는 사이, 받침대 위에 뇌쇄적으로 우뚝 서 있는 벌거벗은 디아나가 대리석 눈으로 귀부인을 응시한다. 포도 덩굴 머리카락으로 촛대를 지탱하고 있는 청동 사티로스는 귀부인을 향해 대담하게 웃는다. 향긋한 물이 가득한 루앙의 물단지[5] 손

3 드레스 윗부분을 가리키는 말로 조끼 모양을 하고 있음.
4 로마 신화 속의 황무지와 숲의 신.
5 루앙(Rouen)은 프랑스 노르망디 지방의 중심지로 자기로 유명하다.

잡이에서는 반짝이는 은색 비늘 꼬리의 인어가 양팔과 가슴을 귀부인에게 내밀고, 거대한 푸른 타원형 천장에는 트리톤[6]이 엄청난 파도 소리 속에서도 소라고둥을 힘차게 울리고 황금빛 돌고래들 사이로 아름다운 에우로페[7]가 건장하고 신성한 황소를 타고 지나간다.

아름다운 귀부인은 흡족하다. 이미 진주목걸이를 목에 걸고 비단 장갑을 손에 끼고 있다. 바쁘게 문으로 향한다. 마차가 기다리고 있는 곳, 마차를 끄는 말들이 앞발을 들썩이는 곳으로. 환상적인 무도회로 향하는 도도하고 아름다운 그 산티아고 귀부인이라면 위대한 바토도 기꺼이 붓을 놀리리라.

3. 정물화

나는 어제 창문으로 연한 색 장미와 라일락 가득한 화분이 삼각대 위에 있는 것을 보았다. 동양 왕자들의 망토를 연상시키는 노랗고 풍성한 커튼을 배경으로 하고 있었다. 도톰한 월계

6 그리스 신화의 반인반어(半人半魚). 해면이 잔잔할 때는 물 위로 올라와 자신의 상징물인 소라고둥을 불어 작은 물고기와 돌고래 등을 불러 같이 노닐고, 거친 파도가 일면 소라고둥을 불어 잠재우기도 하였다고 한다.

7 그리스 신화에 등장하는 페니키아의 아름다운 공주로 제우스에게 납치된다. '유럽'이라는 지명이 '에우로페'에서 유래했다.

화[8] 꽃잎들 옆에 있는 막 가지 친 라일락의 모습과 그 아름답고 평온한 색깔이 돋보였다.

화분 옆에는 황금 따오기가 새겨진 칠기 그릇 속 과일들이 식탐을 자극했다. 싱싱하고 불그스름한 사과는 햇과일의 보송보송함과 욕망을 자극하는 과육(果肉)를 지니고 있었다. 먹음직스러운 황금빛 배는 과즙 그 자체라는 느낌을 주고 그 달콤한 과육을 저밀 은장도라도 기다리는 듯했다. 포도송이는 포도밭에서 잿빛 먼지까지 함께 따온 것 같았다.

나는 다가가서 보았다. 라일락과 장미는 밀랍이고, 사과와 배는 채색 대리석이고, 포도는 유리알이었다.

한 폭의 정물화!

4. 목탄화

응답 송가의 오르간 반주가 특유의 진동음으로 교회 내부를 거룩한 화음으로 가득 채우고 있었다. 신성한 냄새와 함께 경내를 자욱하게 만든 향불 연기구름 속에서 대형 초들이 밀랍 눈물을 흘리며 타올랐다. 그리고 저기 제단에서는 온통 황금

8 장미과 식물.

으로 번쩍이는 옷을 입은 신부가 보석으로 뒤덮인 성광(聖光)을 높이 쳐들고 무릎 꿇은 신도들에게 축복을 내리고 있었다.

나는 불현듯 근처 어두운 쪽으로 시선을 돌렸다. 기도를 드리는 한 여인이 있었다. 검은 옷을 입고 망토를 두른 채 어스름한 고해성소를 배경으로 한 얼굴이 한껏 엄숙하고 숭고해 보였다. 천사의 아름다운 얼굴이었다. 눈과 입술에는 기원이 담겨 있고, 얼굴은 새하얀 백합꽃 같고, 한데 모은 작고 하얗고 사랑스러운 두 손이 검은색 망토 때문에 한층 돋보였다. 불빛들이 서서히 꺼져 가고 어둠의 영역이 점점 늘어 갔다. 그때 머리가 어지러워지면서 백색의 신비스러운 광선이 그 여인의 얼굴을 비추는 듯했다. 엎드려 예배드리는 합창단원들이나 열정적인 케루빔들 사이에서나 있을 법한 얼굴이었다. 백색광, 눈송이, 투명한 하늘, 축복받은 자들의 백합꽃 꽃다발을 물들이는 성스러운 빛의 파동.

그리고 밤에 그 어두운 구석에서 망토를 두른 그 처녀의 하얀 얼굴은 목탄화 연구의 훌륭한 주제였으리라.

5. 풍경

킨타 호수 물가에 우수에 찬 버드나무가 초록색 머리카락을 계속 물에 적시고 있다. 하늘과 버들가지가 물에 투영되어 마치 물 밑에 마법의 나라라도 존재하는 듯하다.

그 오래된 버드나무에는 새들과 연인이 짝을 지어 찾아든다. 그곳이 내가 어느 날 오후 휘어진 나무 근처의 키스 소리와 나무 위 날갯짓 소리를 들은 곳이었다. 태양은 윤곽을 뭉개는 연보라 색깔만 남았고, 눈 덮인 안데스산맥 위로는 애모의 빛이 수줍은 애무를 하듯 쇠잔한 장미색이 감돌았다.

연인은 버들가지 차양 아래 허름한 벤치에 앉아 있었다. 정면에는 아치 다리가 있는 평온한 호수가 펼쳐져 있고, 물가에는 흔들리는 나무들이 있었다. 그리고 그 너머에는 초록색 나뭇잎들 사이로 박람회장 파사드가 날아오를 태세의 청동 콘도르들과 함께 우뚝 솟아 있었다.

여인은 아름다웠고, 다정한 청년은 손가락과 입술로 여인의 검은 머리와 님프의 손 같은 섬섬옥수를 어루만지고 있었다.

뜨거운 연인들 위로, 밀착된 그들의 몸 위로 두 마리 새가 율동적이고 날갯짓하는 언어로 속삭였다. 그 위의 하늘은 자신의 위용과 존엄을 한껏 쏟아 냈다. 광대무변함, 구름 잔치, 황금 깃털, 불의 날개, 자줏빛 양모, 푸르른 바탕색, 오팔 꽃장식으로.

물고기들은 마치 신선한 피의 소용돌이에 휘말리기라도 한 듯 금빛 지느러미를 바삐 놀리며 물속을 휘젓고 있었다.

석양에 물든 풍경이 체에 거른 햇빛에 휩싸여 있는 듯했다. 그 두 연인이 이 풍경화의 영혼이었다. 여인네들이 애호하는 비단결 수염에 늠름하고 건장한 갈색 살결 남성과 가슴에 키스를 청하는 입만큼이나 싱그러운 장미 한 송이를 가슴에 단 빛나는 회색 옷을 입은 괴테의 시의 금발의 여인이다.

6. 이상(理想)

그다음으로는 상아탑 하나, 신비주의적 꽃 한 송이, 별 하나… 무엇인가가 새벽 햇살처럼 빠르고 결연하게 도망치는 것을 보았다.

두 눈에 영혼이 드러나는 옛 동상이었다. 다정함과 푸른 하늘과 불가사의가 온통 깃들어 있는 천사 같은 두 눈에.

그 동상은 내 시선을 키스로 느껴, 위엄 있는 아름다움으로 나를 벌하였다. 또 여왕처럼, 한 마리 비둘기처럼 나를 보았다. 그러나 마치 사람을 혹하는 환영처럼 매혹적이고 의기양양하게 나를 지나쳤다. 그리고 자연과 프시케[9]를 그리는 초라한 화가인 나, 운율과 공중누각을 만드는 조물주인 나는 요정의 빛나는 옷과 관에 박힌 별을 보고 아름다운 사랑의 애타는 약속을 생각하였다. 나의 뇌리에는 저 지고하고 숙명적인 광채보다 한 여인의 얼굴만, 푸른 꿈 하나만 남았다.

9 로마 신화에서 큐피드와 사랑을 나눈 공주. '영혼'또는 '나비'를 뜻한다.

II. 서정시의 해

봄날에

장미의 달. 나의 시는
원무를 그리며 광활한 밀림으로 간다,
살포시 핀 꽃에서
꿀과 향기를 거두려고.
사랑하는 여인이여, 오라.
거대한 숲은 성스러운 사랑의 향기가
물결치며 떠도는 우리들의 성전이니.
새는 이 나무 저 나무 날아다니고,
그대의 아름다운 장밋빛 얼굴은
마치 여명에게 안부 전하듯
인사를 건넨다.
그대가 지나가면
도도하게 쭉 뻗은 아름드리 떡갈나무들이
마치 여왕이 지나가는 듯
초록 잎들을 뒤흔들고

나뭇가지 아치를 만든다.
오, 사랑하는 여인이여!
달콤한 봄의 계절이다.

보라. 그대 눈 속의 내 눈을.
머리카락을 바람에 내맡겨라,
햇빛이 그 빛나는 야생의
금빛 머릿결을 적시도록.
장미요 비단인 손으로
내 양손을 잡고 웃어다오.
자줏빛으로 촉촉하고 상큼한
네 입술을 보여다오.
내 그대에게 시로 말하리니,
생글거리며 들어다오.
나이팅게일이 날아와
지척에 앉아
님프나 장미나 별 이야기를
들려줄지라도
그 노래에 귀 기울이지 말아다오.
사랑의 품격으로
떨리는 내 입술을 응시하며
오직 내 노래만 들어다오.

오, 사랑하는 여인이여!
달콤한 봄의 계절이다.

동굴에서 발원된
맑은 샘이 저기 있다,
하얀 살결의 님프들이
알몸으로 목욕하며 놀고 있는.
물거품 소리에 맞추어 웃고,
평온한 물살을 가르고,
수정 가루로
머리카락을 씻는다.
님프들은 사랑의 찬미가들도 알고 있다.
그 옛날 영광의 시절
판신(神)[1]이 아름다운 그리스어로
숲속에서 만든.
사랑하는 여인이여,
나는 그 찬미가들에서
최고의 말들만 내 시에 담으련다.
그 말을 성서적 꿀에

1 그리스 신화의 목신(牧神). 허리 위쪽은 사람의 모습, 다리와 뿔은 염소의 모습을 하고 있으면서 산과 들에서 가축을 지켰다.

흠뻑 적셔 그대에게 전하리라….

오, 사랑하는 여인이여!

달콤한 봄의 계절에.

벌들이 무리를 지어

윙윙 선회하네,

마치 백색광에 즐거워하는

황금색 회오리바람처럼.

낭랑한 물 위로

투명한 날개를 지닌

무지갯빛 잠자리들이

찬란하게, 경쾌하게 지나간다.

들어 보아라, 매미가 노래하노니.

태양을 사랑하기에.

밀림의 울창한 나뭇잎 사이로

황금 분말을 체질하는 태양을.

어머니 대지가 우리에게

비옥한 숨결을 보낸다,

꽃받침의 영혼과

풀잎 향을 담은.

저 새둥지가 보이는가? 한 마리 새가 있는.

아니 수컷과 암컷 두 마리.

새하얀 가슴의 암컷과
검은 깃털의 수컷.
목청을 울리며 지저귀고,
부드러운 날개를 흠칫 떨며,
두 개의 부리를
입술 삼아 키스한다.
새둥지는 시편(詩篇) 그 자체이다.
새가 전음(顫音)을 품고,
우주의 수금을 뜯으니,
오, 시인이여!
축복받을지어다,
알을 부화시킨 성스러운 더위여.
오, 사랑하는 여인이여!
달콤한 봄의 계절에.

달콤한 나의 뮤즈 델리시아가
설화 석고로 빚은 그리스 항아리와
아름다운 황금 술잔을 가져왔네.
항아리에는 낙소스섬[2]

2 에게해 남쪽 키클라데스제도의 그리스령 섬.

포도주 가득하고,

시인들에게 제격인

그 술을 마시라고

술잔 아래를 진주로 둘렀네.

항아리에는 품격 있고

도도하고 늘씬한 디아나가

성스러운 나신으로

수렵 자세를 취하고 있고,

빛나는 술잔에는

키테라섬[3]의 비너스가

그녀의 쓰다듬는 손길을 무시하는

아도니스[4] 옆에 누워 있네.

나는 싫다네. 낙소스섬의 포도주도

아름다운 손잡이의 항아리도

키프리아[5]가 늠름한 아도니스에게

간청하는 술잔도.

오직 당신의 주홍색 입술에 담긴

3 그리스의 섬. 그리스 신화에서는 아프로디테(로마 신화의 비너스)가 태어난 곳으로 지목되는 곳 중의 하나.
4 그리스 신화에서 아프로디테(비너스)의 구애를 받은 미소년.
5 아프로디테(비너스)의 다른 이름. 이 여신이 키프로스에서 태어났다는 또 다른 그리스 신화에서 비롯되었음.

사랑만을 마시고 싶네.

오, 사랑하는 여인이여!

달콤한 봄의 계절에.

여름날에

I

윤기 흐르는 얼룩 모피의
벵골 호랑이 암컷이
환희에 차서 우아함과 품격을 과시한다.
언덕 비탈에서
촘촘한 대나무밭으로 성큼,
다시금 자기 굴 입구에
우뚝 솟은 바위로 성큼 도약한다.
바위에서 포효하고,
미친 듯이 부르르 떨고,
뻣뻣한 털이 욕망으로 곤두선다.

처녀 맹수는 연모한다.
지금은 발정의 달이다.
땅은 숯불이요,

하늘의 태양은 거대한 불길이다.
무성한 나뭇가지 사이로
캥거루가 껑충껑충 도망간다.
보아는 몸을 부풀리고, 잠을 자고,
뜨거운 불길에 몸을 덥히고,
새는 초록색 정상에
앉아서 쉬고 있다.

숯가마 열기를 느껴 보라.
아프리카의 밀림이
고요한 하늘 아래에서
열풍의 날개에
자기 숨결을 실어 보낸다.
우쭐한 호랑이는 한껏 들이마신다.
아름답고, 오만하며, 최고라고 느끼자
심장이 뛰고 가슴이 부풀어 오른다.

자신의 커다란 앞발,
상아색 발톱을 바라본다.
이윽고 날카로운 바위 면을
할퀴고 시험한다.
그러고는 뾰족한 꼬리,

역동적이고 우단 같은
흑백의 꼬리로 스스로 매질하는
자기 옆구리를 본다.
그다음은 복부를.
문득 복종을 요구하는 여왕처럼
도도하게 커다란 아가리를 벌린다.
그다음은 쿵쿵거리고 찾고 이동한다.
암컷 맹수는 야성적인 한숨
같은 것을 내쉰다.
조용한 포효를 들었다.
기민하게
여기저기를 둘러보았다.
그러고는 언덕 위로 호랑이 수컷의
머리가 출현하는 것을 보았을 때,
확장된 초록색 동공에서 불꽃이 튀었다.
수컷이 다가왔다.

수컷은 매우 아름다웠다.
거대한 몸집, 반지르르한 털,
탄탄한 옆구리, 억센 목,

숲속의 돈 후안[1]이었다.

조용히 성큼성큼 걷는다.

홀로 있는 발정난 암컷을 본다.

하얀 치아를 보인다.

고상하게 꼬리를 세운다.

걸음걸음마다 위풍당당한

수컷의 몸이 물결쳤다.

가죽 아래로

우람한 근육들이 보였다.

가히 산속의

거친 검투사였다.

수컷이 입가의

곤두선 수염을 핥았다.

육중한 몸으로

연약한 초록색 풀을 쓰러뜨렸다.

숨소리가

풀무질 소리 같았다.

1 Don Juan, 스페인 바로크 시대의 극작가인 티르소 데 몰리나(Tirso de Molina, 1579~1648)의 희곡 『세비야의 바람둥이』(*El Burlador de Sevilla*)에 처음 등장하여, 호세 소리야(José Zorrlla, 1817~1893)의 희곡 『돈 후안 테노리오』(*Don Juan Tenorio*)와 모차르트의 「돈 지오반니」에 이르기까지 많은 예술 작품에 영감을 준 바람둥이.

그는, 그는 왕이다.
황금 홀(笏) 대신
커다란 앞발,
황소의 목덜미를 강렬하게 찍어
살을 도려내는 앞발을 지닌.
이글거리는 눈동자와 번뜩이는 굽은 부리의
거대한 독수리에게는 아킬론[2]이,
커다란 악어에게는
깊고 잔잔한 물이,
코끼리에게는 골짜기와 초원이,
독사에게는 기어오를 골풀이,
최초의 빛을 연모하는
달콤하고 다정한 새에게는
나무에 걸린
따스한 둥지가 있다.
그리고 수컷에게는 굴이.

사자의 갈기도,
난폭한 망아지의 말발굽도,

2 아킬론은 로마 신화의 북풍의 신이다.

무성한 바오밥나무 가지 아래에서
바람을 향해 울부짖는
씩씩한 하마의 비대한 등도 부럽지 않다.

자부심 충만한 수컷이 다가와 애정을 표한다.
수컷을 기다리던 암컷이 호응하나니,
그 도살자가 야성의 흥분 속에
애무를 애무로 보답한다.

신비로운 촉각,
가공할 힘이 수반된
충동적인 기세가 이어진다.
오, 위대한 판!
광대한 원시림 속의 괴물 같은 사랑.
방긋거리는 여명이나
사색적인 푸른 밤에
여리고 부드럽고 다정한 시간을 보내는
뮤즈들의 사랑이 아니다.
대자연의 가슴에서 발원하여
우당탕탕 흐르는 생명의 급류 속에서
꽃가루와 수액과 열기와 흥분과 살갗을
온통 불사르고 고무시키고 예찬하는 사랑이다.

II

웨일스 왕자가 많은 신하와
최고 혈통의 개들을 대동하고
숲으로, 언덕으로
사냥을 다닌다.

신하들을 침묵시키고,
개와 말들을 제지하면서
흥분한 눈으로
굴 입구의 두 마리 호랑이를 응시한다.
왕자는 엽총을 청하고는 전진한다,
얼굴색 하나 변하지 않고.

맹수들은 서로 애무하고 있다.
사냥꾼들의 인기척을 듣지 못하고.
사랑에 취한
그 무시무시한 놈들을
꽃사슬 멍에 씌워
키테레섬의 백설 같은 조개나
큐피드의 전차에
묶었을 법도 하다.

대담한 왕자는
전진하고 다가가고 멈춰서고
겨냥하고 한 눈을 감고 발사한다.
엽총의 굉음이
울창한 숲에서 울려 퍼졌다.
수컷은 도망치고
암컷은 복부가 찢어진 채 그 자리에 남는다.

아, 죽음이 임박했다!…
그러나 기력이 쇠하고 몸이 굳은 채
상처로 피를 쏟으면서도 고통스러운 눈으로
그 사냥꾼을 바라보았다. 여인의 단말마 같은
신음소리를 내뱉었다… 그리고 쓰러져 죽었다.

III

사납고 매정한 그 마초는
작열하는 햇빛 속을 도망쳐
자기 보금자리에서 잠을 청했다.
꿈을 꾸었다.
발톱과 이빨을
여인의 발그레한 복부와
가슴에 파묻었다.

그리고 미식가 중의 미식가답게

오찬과 만찬 후의

멋들어진 후식 삼아

연하고 맛있는 금발 아이 수십 명을

닥치는 대로 먹어치웠다.

가을날에

사랑, 생명, 빛

날이 저물어 가면

고요한 구름들이 푸름 속을 방황한다.

뜨거운 두 손으로

생각에 잠긴 머리를 떠받친다.

아, 한숨! 아, 감미로운 꿈!

아, 마음속 깊은 곳의 슬픔!

아, 황금 가루가 공기를 떠다니고,

그 아롱대는 금빛 파도 뒤로

다정하고 촉촉한 눈들이,

미소가 범람하는 입들이,

곱슬곱슬한 머리카락들이,

장밋빛 손가락들이 서로 마주하고 쓰다듬는다!

날이 저물어 가면

내 요정 친구는

시상(詩想) 가득한
비밀 이야기들을 들려준다.
새들이 노래하는 것을,
산들바람에 실려 있는 것을,
안개 속에서 방황하는 것을,
소녀들이 꿈꾸는 것을.

한번은 무한한
갈증을 느꼈다.
사랑스러운 요정에게 말했다.
내 영혼에 그윽하고
심오하고 무한한 영감을,
빛과 열기와 향기와 생명을 갖고 싶다고.
요정이 내게 하프의 말투로
말하노니, 오라!
그 속에는 희망의 신성한 언어가 있었다.
아, 이상을 향한 갈증!

한 산봉우리
위에서 한밤중에,
내게 불을 켠 별들을 보여 주었다.
그것은 깜빡이는 불꽃 꽃잎들이

있는 황금정원이었다.
나는 외쳤다. 더!…

오로라는
그다음에 찾아왔다. 얼굴에서
빛을 발하는 오로라가 미소 지었다.
창문을 연 수줍은 아가씨가
호기심 어린 마법의 눈동자에
놀라는 느낌이었다.
나는 말했다. 더!…
천상의 요정 친구가 미소 지으며 외쳤다.
좋아!… 꽃을 보여 주지!

꽃들은
싱그럽고 아름답고
향기를 물씬 풍겼다.
동정녀 장미, 하얀 데이지 꽃,
사랑스러운 백합,
흔들리는 나뭇가지에 걸려 있는 나팔꽃.
나는 말했다. 더!…

바람이
수런거림, 산울림, 웃음소리,
신비로운 속삭임, 날갯짓 소리,
처음 듣는 음악을 휘몰아 왔다.
그러자 요정이 무한한 갈망,
심오한 영감, 수금의 혼을
덮고 있는 베일이 있는 곳으로
나를 데리고 갔다.
그러고는 베일을 찢었다. 온통 오로라였다!
안쪽에 여인의
아름다운 얼굴이 보였다.

오, 피에리데스,[1]
내가 영혼으로 느낀 거룩한 행복을
그대 어찌 가늠할 수 있으리!
희미한 미소를 띠며
요정이 말했다. 더?…
그때 내 눈동자는 푸름에 꽂혀 있었고,
뜨거운 두 손으로
생각에 잠긴 머리를 떠받쳤다.

1 그리스 신화의 아홉 명의 뮤즈, 혹은 뮤즈들과 경쟁한 아홉 명의 처녀.

겨울날에

밤. 이 정처 없이 떠도는 바람의
날개가 꽁꽁 얼어붙었다.
거대한 안데스가 하얀 봉우리를
광막한 푸름을 향해 쳐든다.
눈이 펑펑 내리고,
투명한 눈송이 장미들은 수정(水晶)이 된다.
도시에서는
가냘픈 어깨와 목을 감싸고,
마차가 굴러가고,
피아노가 즐겁게 울리고, 가스등이 빛을 발한다.
하지만 몸을 덥혀 줄 난로가 없으면,
가난한 사람은 부들부들 떤다.

장작 불씨 소리에
싫증난 벽난로 가에서

나는 눈부신 꿈과
내면의 향수(鄕愁)에 사로잡혀 있다.
나는 생각에 잠긴다.
오, 그녀가 있었다면,
내가 무한히 갈망하는 여인이,
내가 미치도록 꿈꾸는 여인이,
그리고 생각에 잠긴 푸른 밤이!
어떻게! 보아라.
평화로운 거실의
조용하고 널찍한 곳에서는
램프가 희뿌연
불빛을 뿌리리라.
안에는 타오르는 사랑.
밖에는 추운 밤,
유리창을 때리는 빗줄기,
얼음장 같은 바람에 대고
단조롭고 구슬프게
외치는 장사치.
안에는 내 천 가지 섬망의 순시,
수정 같은 가락의 노래,
내 머리카락을 만지는 손,
내 볼을 스치는 숨결,

사랑의 향기, 천 가지 감동,
천 번의 뜨거운 애무,
그리고 그녀와 나. 함께, 단둘이,
두 연인만이. 오, 시여!
그녀의 입맞춤,
내 시가 자아내는 승리의 음악,
지척의 검은 벽난로에서
불씨로 폭발하는 환한 장작.

아! 보석 가득한 화로여,
축복받을지어다!
재가 가득 담긴
넓은 에트루리아[1] 풍로의
황옥과 카벙클,[2]
루비와 자수정.
따스한 침대,
푹신푹신한 베개,

1 이탈리아 중부에 있었던 고대 국가.
2 루비, 첨정석, 석류석, 홍색 수정 등 붉은색을 띠는 보석을 둥글고 불룩한 형태로 가공한 것을 통칭함.

아스트라한 모피,[3] 촉촉하고
따사로운 입술이 선사하는 뜨거운 키스!
아, 옛 친구 겨울이여, 만세!
차디찬 눈[雪]과 함께 황홀한 사랑과
배낭에 간직해 둔 쾌락의 포도주를
가져오는 그대여!

그렇다. 내 곁에 있으면서
미소를 보낼 그녀,
내 시에 필요한 그녀,
내 머리가 상상할 그녀.
꿈을 꾸면 다가와
나를 방문할 그녀.
이상적인 살결,
대리석 같고 백색의 별빛 같은
눈동자의 아름다운 그녀.
그 옛날 헤베[4]의
우아하고 가녀린 목을,
여신의 어여쁜 표정을,

3 아스트라한은 러시아의 지명으로 어린 양 혹은 태중의 양으로 만든 모피로 유명.
4 그리스 신화의 젊음의 여신으로 제우스와 헤라의 딸.

님프의 매끄러운 팔을,

목덜미에 말려 있는

윤기 흐르는 곱슬머리를,

깊은 갈망과 생생한 정염을

알리는 눈매를

예민하고 감각적으로 보여 준다.

그녀가 현현하는 것을 볼 수 있다면,

그녀의 애무를 누릴 수 있다면,

입술에 그녀의 사랑의 키스를 느낄 수 있다면,

내 기꺼이 목숨을 바칠 터!

그러는 사이 날씨가 추워진다.

나는 바라본다,

황금빛 혀로 즐겁게 노래 부르며

종잡을 수 없이 멋대로 움직이는 불길을.

지척의 검은 벽난로에서

불씨로 폭발하는 환한 장작.

이윽고 나는 생각한다.

즐거운 수금의 합창을,

적포도주가 담긴 세공 술잔을.

가장자리가 프리즘 목걸이처럼

무지갯빛으로 시시각각

끓어오르는 술잔,

피를 뜨겁게 해주고,

마음을 즐겁게 해주고,

미치광이 시인들에게

황금빛 소네트와 번뜩이는 실바를

쓰게 만드는 적포도주.

겨울은 취객이다.

겨울바람이 불면,

옛 술통들은

포도원의 피를 깨운다.

그렇다. 나라면 겨울 백발을

포도덩굴 관(冠)을 씌워 그릴 터이다.

겨울은 뚜쟁이이다.

추운 밤이면

파올로가 프란체스카의

뜨거운 입술에 키스하고,[5]

그의 피는 불길처럼 번지고

그의 심장은 뜨겁게 약동한다.

아, 모진 겨울이여, 만세!

5 파올로와 프란체스카는 단테의 『신곡』 지옥편에서 애절한 사랑을 나누는 연인 사이임.

차디찬 눈[雪]과 함께 황홀한 사랑과
배낭에 간직해 둔 쾌락의 포도주를
가져오는 그대여!

청춘의 들뜸,
시선과 애무.
달콤한 내 사랑이
팔에 안겨 살포시 떨면서
눈[目]으로는 성스러운 빛을,
꽃향기로는 거룩한 수액을 내게 줄 터!
침실에서는 램프가
희미한 불빛을 뿌리고,
오직 한숨, 메아리,
웃음소리, 키스 소리,
내 시가 자아내는 승리의 음악만
들리리라.
지척의 검은 벽난로에서
불씨로 폭발하는 환한 장작.
안에는 타오르는 사랑.
밖에는 추운 밤!

가을 생각
—아르망 실베스트르에 대해

흐르는 시냇물처럼
한 해가 마지막 순간을 향해 달아난다.
창백하게 스러지는 빛을
서녘에서 앗아가면서.
허공으로 몸을 던지는
기억의 비상(飛翔)은
슬프게 날개를 펴는
새의 비상처럼
가는 곳마다 깔린 광대한 어스름 속에서
힘을 잃어 간다.
흐르는 시냇물처럼
한 해가 마지막 순간을 향해 달아난다.

영혼의 무엇인가가 아직도
시든 꽃받침 사이를 방황한다.

때늦은 나팔꽃들을,

너울거리는 장미화원을.

그리고 꿈 하나가 아직도

향기로운 날개를 타고

아스라한 불빛에서 출발해

드높은 창공을 향해 날아오르고 있다.

영혼의 무엇인가가 아직도

시든 꽃받침 사이를 방황한다.

혼탁한 샘물이

작별의 노래를 가장한다.

내 사랑이여, 당신만 좋다면

그 길로 돌아가자.

지난 봄날

둘이 손잡고

사랑과 정감에

취해 거닐던

쾌적한 오솔길,

나뭇가지들이

꽃향기 진동하는 길을

그네에 태우던 곳으로.

혼탁한 샘물이

작별의 노래를 가장한다.

청춘의 영원하고 비옥한
4월에 꽃을 피운
내 불타는 가슴에서
사랑의 시편이 솟아난다.
아름다운 날들이여
기꺼이 죽음을 맞이하라!
겨울이여 다시 오라,
거칠고 힘차게 다시 태어나라.
즐거운 마법의 찬미가가
비명을 지르는 바람에서 출현하듯,
내 불타는 가슴에서
사랑의 시편이 솟아난다.

당신의 숭고한 아름다움,
여인, 영원한 여름,
불멸의 봄에 바치는
사랑의 시편!
기나긴 사계절을 지나며
빛나는 빛으로
하염없이, 쉴 새 없이

황금빛 급류를 뿌리는
이글거리는 별의 누이.
당신의 숭고한 아름다움,
여인, 영원한 여름,
불멸의 봄에 바치는
사랑의 시편!

아낭케[1]

그리고 비둘기는 말했다.

나는 행복해. 광대무변한 하늘 아래에,

꽃피는 나무에, 꿀맛 같은 사과 옆에,

이슬방울로 촉촉한

부드러운 어린 가지 옆에

보금자리가 있어서.

동방의 환희에 찬

기상나팔 소리에 맞춰

벌거숭이 여명이 깨어나

이 세상에 정갈한 빛을 선사할 때,

나는 새다운 갈망으로

사랑하는 우리 나무에서

1 그리스어로 숙명이라는 뜻.

멀리 떨어진 숲까지 날아가지.
내 날개는 새하얀 비단,
여명의 빛이 황금빛으로 물들이고 씻겨 주고
산들바람이 빗겨 주는.
내 두 발은 장미 꽃잎.
나는 산속 수비둘기에게
구애하는 다정한 여왕.
나는 그림 같은 숲속 깊숙이 있는
낙엽송에 둥지를 틀었지.
시원한 나뭇잎 아래 그곳에서
막 태어난 새끼를 키우고 있고.
나는 날개 달린 약속이요
생생한 서약,
그리움에 빠진 이에게
사랑하는 여인의 기억을 전해 주지.
나는 슬픔에 잠긴
열렬한 몽상가들의 메신저,
사랑을 속삭이며 그들의
향기로운 주변을 선회하지.
나는 바람의 백합.
드높은 하늘의 푸름 아래에서
아름답고 풍요로운 내 보물 중에서도

으뜸가는 것을 보여 주지.
구애하는 부리를,
사랑으로 쓰다듬는 날개를.
나는 수다스러운 새들을 깨워
아름다운 노래 부르게 하고,
꽃이 만발한 레몬나무에 앉아
꽃비를 흩날리게 하지.
지고지순한 나.
욕망의 희구에 몸을 부풀리고,
내밀한 애정이 깃든
스침과 수런거림과 날갯짓에 전율한다.
아, 무한한 푸름! 나 그대 사랑하노라.
모든 식물에게 비와 한결같이 뜨거운 태양을 선사하고,
오로라의 궁전이면서
또한 내 둥지의 지붕이기에.
아, 무한한 푸름! 나 그대 찬미하노라.
그대의 생글거리는 연한 구름들을,
그윽한 향기와 꿈이 지나가는
그 섬세한 금가루 안개를.
나는 부유하는 안개의
얇고 한가로운 베일을 좋아하고,
내 비단 깃털을 그 정겨운

대기를 향해 부채처럼 펼친다.
나는 행복해! 새둥지들의 신비가
감도는 숲이 내 것이고,
여명이 내 축제요,
사랑이 내 수련이자 전투이기에.
나는 행복해! 달콤한 애정으로 한껏
새끼들을 따뜻하게 품는 것이 내 자부심이요,
전인미답의 밀림에 천상의 음악인
내 구애 소리가 울려 퍼지기에.
나를 사랑하지 않는 장미 없고,
내 말에 귀 안 기울이는 새 없고,
나를 찾지 않는 늠름한 노래꾼이 없기에.

그래? 그때 사악한 새매가 말했다.
그리고 격분하여 비둘기를 집어삼켰다.

그때 자애로운 하느님은
옥좌에 앉아 생각에 잠겼다.
(사탄은 하느님의 분노를 얼버무리려고
그 사나운 새매에게 박수갈채를 보냈다.)
하느님은 미간을 찌푸렸다.
자신의 크나큰 계획들을 하나하나 떠올렸다.

그리고 생각했다.

비둘기를 창조했을 때

새매는 만들지 말았어야 했다고.

옮긴이의 말

루벤 다리오를 찾아서…

루벤 다리오는 어릴 때부터 독서에 몰두하였고 시 세계에 심취하여 시와 글에서 음악적인 리듬을 모색하였다. 흔한 단어마다 가다듬고 정성을 들여서 새로운 시를 쓰고 수필을 쓰고 이야기를 써 갔다. 이러한 그의 집념은 낭만주의 시대를 넘어 실증주의, 고답파를 바탕으로 한 모데르니스모 운동을 이끌어 가게 된다. 이 운동의 새싹은 바로 우리가 만나는 『푸름…』에서 비롯되었다. 다리오의 첫 작품인 『푸름…』은 1888년 칠레의 항구도시 발파라이소에서 출간되었다. 참신한 어휘와 완벽한 기법으로 스페인어권 문학의 새로운 지평을 열어 주었다는 평을 받았다.

『푸름…』은 9편의 이야기와 6편의 시, 그리고 칠레의 이모저모를 묘사하는 몇 편의 산문으로 구성되어 있다. 『푸름…』

은 추후 1890년도에 과테말라에서도 출판되는데, 여기에는 몇 편의 이야기들과 시가 추가되었다. 그다음 세번째로 『푸름…』이 출간된 것은 1905년 아르헨티나의 부에노스아이레스에서였다.

왜 『푸름…』일까? 다리오는 「내 책들의 이야기」에서 푸른색이 자신의 꿈의 색깔이었다고 말한다. "푸른색은 예술의 색채이며 그리스 호메로스의 색채이고 바다와 하늘의 색채이다. 이는 또한 내 예술의 정신적인 봄날의 꽃이기도 하다"라고 말하였다. 푸른색은 또한 무한한 것, 아름다운 것, 자유 그리고 상상력을 상징한다고 믿었다. 이 책이 스페인에서 관심을 끄는 데 성공하면서 『푸름…』은 명실공히 모데르니스모의 대표적인 작품으로 부각되었다.

다리오는 유복한 가정에서 태어나지 못하였다. 두 살이 되었을 때 부모가 이혼하자, 할아버지뻘인 라미레스 대령이 그를 자식으로 입양하였다. 네 살 때 이 양아버지도 세상을 떠났다. 천재적인 재능을 지닌 다리오는 세 살 때부터 책을 읽었으며, 열한 살 때 시를 썼고, 예수회 신부들이 운영하는 학교에 다니면서 열세 살에 지방신문에 자기 작품을 처음 발표하였다.

열다섯 살에 고국인 니카라과를 떠나 엘살바도르로 갔다. 거기에서 처음으로 프랑스 문학 세계를 접하게 되었다. 이듬해 고국으로 돌아와서 신문기자와 도서관원으로 일하면서 꾸준히 글을 썼다. 결정적인 변화는 1886년 칠레로 가면서였다.

당시 칠레는 현대적인 유럽 영향을 흠뻑 받고 있었고, 덕분에 다리오는 많은 프랑스 문학 서적을 접하는 기회를 가졌다. 1887년 다리오의 시가 칠레 문학상을 받기도 하였다.

루벤 다리오의 본명은 펠릭스 루벤 가르시아 사르미엔토(Félix Rubén García Sarmiento)이며, 1867년 1월 18일 중미에 위치한 니카라과의 메타파에서 태어났다. 세계인의 기질을 타고난 그는 세상을 여행하면서 만나고 싶은 문인들을 폭넓게 만나고 다녔다. 그러나 말년에는 고국인 니카라과로 돌아가 1916년 2월 6일 세상을 떠난다.

시인으로서 그의 명성이 널리 알려지면서 남미에서 가장 영향력이 있는 일간지인 부에노스아이레스의 『라 나시온』(*La Nación*)의 특파원이 되어 모국인 니카라과를 비롯하여 엘살바도르와 과테말라로 갔다. 그다음 스페인으로 가서 당시 스페인 문학계의 소위 98세대의 젊은 거두들인 후안 라몬 히메네스(Juan Ramón Jiménez), 라몬 델 바예-인클란(Ramón del Valle-Inclán), 하신토 베나벤테(Jacinto Benavente), 아소린(Azorín) 등 기라성 같은 문인들과 만나 교감을 가졌다. 또한 미국으로 건너가 뉴욕에서 쿠바의 독립운동가로 모데르니스모의 행렬에 올라 있던 시인 호세 마르티(José Martí)와 만나기도 한다.

『푸름…』은 라틴아메리카 문학의 개혁에 있어 출발점을 이루며, 이는 점차 전 세계로 확산된다. 다리오의 『푸름…』은 특히 라틴아메리카 시가 추구하는 새로운 아름다움으로의 길을 열어주었다.

참고로 니카라과 의회는 1888년 칠레에서 처음 발행한 『푸름…』의 영인본을 2013년 11월에 출간하였다. 여기에는 『푸름…』의 초판과 스페인 황실 학술원 위원으로 다리오와 동시대인이었던 에두아르도 데 라 바라의 분석적인 긴 서론이 포함되어 있다.

옮긴이 조갑동